Sous les Bambous.

SOUS
LES BAMBOUS

POÉSIES

PAR

ALCIBIADE FLEURY-BATTIER

Ancien Chef de division au Ministère de l'Instruction publique
PORT-AU-PRINCE (HAÏTI)

ACCOMPAGNÉES D'UN AVANT-PROPOS

DE M. GESNER RAFINA

PUBLICISTE

Ex-rédacteur du *Rappel*, du *Mot d'Ordre*, et ancien rédacteur
de la *Digue de Cherbourg*.

> Admirons les grands maîtres ; mais ne les imitons pas. Faisons autrement. Si nous réussissons, tant mieux. Si nous échouons, qu'importe ? — Le poète ne doit avoir qu'un modèle, la nature ; qu'un guide, la vérité. Il ne doit pas écrire avec ce qui a été écrit, mais avec son âme et avec son cœur.
>
> V. HUGO.

PARIS

IMPRIMERIE TYPOGRAPHIQUE KUGELMANN
12, rue Grange-Batelière, 12
—

1881

L'AUTEUR A SES LECTEURS

———

Les compositions qui forment ce modeste recueil méritent à peine d'être lues. Aussi, ce n'est qu'après de longues hésitations que l'auteur s'est décidé à les livrer à la publicité. Il a cru et il croit pouvoir compter sur la bienveillance de ses lecteurs qui, tant de fois déjà, lui ont donné des marques de sympathie et d'encouragement.

C'est son opinion que dans un pays comme le nôtre, où les productions de l'esprit sont si rares, chacun, dans la mesure de ses forces, doit se faire une obligation sacrée d'apporter sa pierre à l'édifice intellectuel qui se construit si lentement à son gré pour la gloire littéraire de sa patrie.

Comme il l'a déjà dit ailleurs, à part les œuvres variées de

Juste Chanlatte et de L. Pradine, les fables de Jules Solime
Milscent, les élégies de Coriolan Ardouin, d'Ignace Nau,
de James Gardère, de Ducas Hippolyte, les *Primevères* de
Ch. Séguy Villevaleix, l'*Alcade de Zalamea* d'Alfred Simonise, la *Stella* d'Emeric Bergeaud, les *Théoriciens au
pouvoir*, *Francesca* et le *Damné* de D. Delorme, les drames
et les comédies de Liautaud Ethéart, les livres d'histoire
de Saint-Rémy, l'*Histoire d'Haïti* de M. T. Madion, les
Etudes sur l'histoire d'Haïti de B. Ardouin, l'*Abrégé de
l'Histoire d'Haïti* d'Enélus Robin, les Nouvelles et les pièces fugitives d'Abel Elie, les poésies de M. le général Alli-
bée-Féry, et *les Chants du soir* de Paul Lochard, les productions de l'esprit se réduisent en Haïti à des oraisons funèbres, à des articles de journaux, à des contes créoles, à
des polémiques et à des chansons.

N'est-il pas honteux vraiment, après soixante-dix-sept
années d'indépendance, que notre littérature nationale ait
produit si peu d'ouvrages? Je dis si peu d'ouvrages, car
pour les écrivains, ils n'ont pas manqué. Bien que notre
pays ait été souvent et trop longtemps arrêté dans sa marche ascendante vers le progrès par des luttes fratricides,
toujours funestes à l'avancement matériel, moral et intellectuel d'un peuple; bien qu'il ait eu à surmonter sans cesse
les plus grandes difficultés, il est cependant fier de compter
bon nombre de citoyens remarquables qui, par leurs talents
divers, par leurs écrits unissant l'*utile dulci*, auraient pu
élever haut l'essor intellectuel de leur patrie.

Malheureusement, la plupart de ceux à qui la nature a

accordé les plus éminentes facultés de l'esprit, loin de s'en servir pour créer, pour révéler le beau, se sont montrés froids, indifférents, et meurent souvent sans laisser aucun monument durable, vaincus du temps et de l'oubli.

L'Haïtien ne manque pas d'intelligence. Comme les autres hommes il a le sentiment du beau ; mais il est d'une indolence qui fait de tous ses efforts des velléités. Au sein de la brillante nature qu'il habite et dont l'éternelle jeunesse charme ses sens et son âme, il trace les plus beaux plans, il médite les plus ravissants poèmes, sans jamais avoir la force de leur donner la forme qui les rendrait palpables et frappants aux yeux.

L'Haïtien est un être purement extatique. Il passera, sans ennui, des journées entières à l'ombre des caïmitiers en fleurs, à rêver, à chanter, mais rarement à écrire. Ce qu'il a pris soin de composer le soir, il l'abandonne le lendemain au vent de la colline, et, quelques jours après, son œuvre a disparu de sa mémoire, pareille à ces étoiles filantes qui tracent des sillons d'or dans un beau ciel d'été. Quelques-uns, plus laborieux, après avoir passé des mois entiers à fixer leurs idées sur le papier, ont cependant la cruauté de les laisser dormir éternellement dans la poussière de leurs cartons, sans jamais songer à les revoir, à corriger leurs imperfections. Notre enthousiasme ne dure qu'un moment. Le « Festina lente » du poète latin est une règle qui ne nous sourit guère. Nous voulons arriver vite au but sans chercher les moyens qui y conduisent. Puisqu'il en est ainsi, que ne doit-on pas à ceux qui ont le courage, malgré les ardeurs énervantes de notre climat et les difficultés de tous genres que rencontre chez nous l'écrivain, d'avoir mis au jour, non pas quelques pages, mais un volume?

Ce recueil intitulé « Sous les Bambous » paraît à temps pour prouver que ces reproches justement sévères ne s'adressent pas à tous en général. En effet, au moment où l'auteur écrit ces lignes, — et c'est un bonheur pour lui de l'annoncer au public lettré, — il apprend que le poète du Cap, Oswald Durand, est sur le point de publier ses *Rires et Pleurs*, et que Fénelon Duplessis se propose aussi de livrer ses *Chants et Pleurs* ; Oswald Durand et F. Duplessis, deux poètes également aimables, deux noms qui lui sont sympathiques, deux talents qui ne méritent d'autre reproche que celui d'avoir enfoui trop longtemps leurs trésors de poésie.

Nous connaissons assez le mérite de ces deux écrivains pour affirmer d'avance, sûr de n'être point démenti, qu'un accueil empressé sera fait à leurs ouvrages, véritables corbeilles poétiques dans lesquelles la Muse noire, fille du Soleil et du Palmier, a déposé, en souriant, les dernières fleurs qui restaient à sa brillante ceinture, après les faveurs prodiguées à Ignace Nau et à Coriolan Ardouin.

Constatons aussi en passant que derrière ces deux *illustres* marchent nombre d'intelligences élues qui, fortes des exemples de leurs aînées, se préparent à les remplacer noblement. Déjà, leurs chants mélodieux, préludes échappés de leurs cœurs, ont frappé nos oreilles. C'est avec raison que notre littérature nationale fonde sur eux ses espérances, car, ainsi qu'on l'a dit, c'est des fleurs qu'on attend les

fruits. Nous désirons qu'enflammés de l'amour sacré du sol
natal, ils mettent leur étude à célébrer la vaillance de nos
pères qui, sublimes d'abnégation et d'héroïsme, ont combattu pour nous laisser un héritage.

Ces grands exploits, dignes de leurs lyres, sont une
Iliade aux pages encadrées de flammes. Ah! elle est belle
la moisson qui s'offre aux poètes de la nouvelle génération!
Les champs qu'ils ont à explorer sont encore vierges. A
chaque pas, leurs Muses rencontreront, sous les sveltes
palmiers une femme, jeune, belle, armée d'un glaive flam-
boyant comme celui de l'archange, le front entouré d'une
auréole éblouissante, qui leur criera :

> Je suis la liberté,
> Haïti fut ma fille !

L'auteur répète que dans ce recueil il ne trouve aucune
composition capable de captiver l'attention des lecteurs. Le
seul mérite de l'œuvre est d'être une tentative et un signal :
Tentanda via est...

Il n'a pas été bien loin chercher ses inspirations. Ce recueil, c'est l'histoire de sa vie; ce sont les pages où il a
essayé de retracer le souvenir de ses jours de bonheur et de
malheur, de ses rêves, colombes aux ailes d'or, qui s'en-
volent toujours trop tôt. Il conduit ses lecteurs, tantôt sous
les gracieux bambous de Pétion-Ville et leur raconte, avec
des larmes dans les yeux, l'histoire touchante de *Velléda*,
ce modèle de tendresse filiale, *morte au pied du devoir;*

tantôt il les amène sous les frais manguiers de Bizoton ou
de Mariani, les fait assister à une scène de la vie rustique :
une demi-douzaine de bambins espiègles jouant sur le gazon
moelleux, sous les citronniers fleuris que l'astre des nuits
inonde de sa clarté argentine; d'autres fois, il les fait em-
barquer pour Miragoâne dans un canot couronné de fleurs,
semblable à ceux des gondoliers de Venise, et se promène
avec eux dans la baie où se reflètent, comme des serpents
de feu, toutes les étoiles du ciel; enfin il leur parle du
Ouanga-négresse et du *Colibri*, ces aimables voyageurs
aériens, de *la Fleur dont on ne dit pas le nom*, de *Ce qu'on
entend parfois sous les bambous,* graminées dont le singu-
lier feuillage, comme l'a dit fort justement un de ses devan-
ciers, est semblable à la chevelure de nos créoles.

L'auteur ne va jamais au delà. Notre zone est assez
éblouissante; nos mornes sont assez verts, nos bois assez
sonores, nos jardins assez parfumés pour retenir sa Muse.

Cela ne l'empêche point d'élever le ton; il sait aussi peindre
les horreurs de la guerre civile, les avantages de l'harmonie,
de la fusion et de la paix; célébrer nos héros tombés en re-
vendiquant les droits imprescriptibles de la créature par
excellence; faire agenouiller ses lecteurs au pied du Palmier
sacré, et là, devant le *Solitaire*, évoquer la grande ombre
de *Luména*, cette incarnation de la Liberté.

L'auteur a tout fait, — et c'était sa seule ambition, —
pour que toutes ses poésies fussent empreintes de couleur
locale. Il a compris que, si l'on n'a pas de grandes ailes
capables de nous porter aux astres, il serait ridicule et dan-

gereux de chercher à imiter les maîtres inimitables. Le sort d'Icare ne l'a pas tenté.

En nourrissant l'esprit des lectures de leurs œuvres, un écrivain doit chercher avant tout à être original. C'est à cette seule condition qu'il sera lu, que ses essais seront goûtés.

Il est bon sans doute de rappeler ici ce qu'a dit V. Hugo à l'égard de ceux qui ont la folie de chercher à imiter les grands maîtres : « Que vous soyez, dit-il, l'écho de Racine ou le reflet de Shakespeare, vous n'êtes toujours qu'un écho et qu'un reflet. Quand vous viendrez à bout de calquer exactement un homme de génie, il vous manquera toujours son originalité, c'est-à-dire son génie. Admirons les grands maîtres, ne les imitons pas. Si nous réussissons, tant mieux ; si nous échouons, qu'importe ? Le poète ne doit avoir qu'un modèle, la nature ; qu'un guide, la vérité. Il ne doit pas écrire avec ce qui a été écrit, mais avec son âme et avec son cœur. De tous les livres qui circulent entre les mains des hommes, deux seuls doivent être étudiés par lui, Homère et la Bible. C'est que ces deux livres vénérables, les premiers de tous par leur date et par leur valeur, presque aussi anciens que le monde, sont eux-mêmes deux mondes par la pensée. On y retrouve en quelque sorte la création tout entière considérée sous un double aspect, dans Homère, par le génie de l'homme ; dans la Bible, par l'esprit de Dieu ».

Coriolan Ardouin et Ignace Nau, ces frères jumeaux de la poésie haïtienne, ont été assurément de vrais poètes. Ne doivent-ils pas leur supériorité à l'originalité de leur talent et de leur esprit ?

Puissent-ils avoir d'habiles imitateurs !...

Comme cet avertissement est déjà fort long, l'auteur s'arrête ici. Son dernier, comme son premier mot, est l'appel qu'il fait à la bienveillance de ceux qui le liront. Pensant que cet appel sera entendu du plus grand nombre, il regarde une dernière fois son modeste recueil pour lui dire avant de lui donner l'essor :

> « Va-t-en, pauvre oiseau passager,
> Que Dieu te mène à ton adresse ! »

Port-au-Prince, avril 1880.

AVANT-PROPOS

CECI N'EST PAS UNE PRÉFACE

En vérité, je ne trouve rien de plus indigeste qu'une préface.

La préface, selon moi, semble dire trop de choses, et, en réalité, ne dit absolument rien.

Tantôt elle essaie de justifier les banalités, tantôt elle s'efforce de faire ressortir les beautés d'un ouvrage. Dans l'un et l'autre cas, elle est fastidieuse : aussi, en général, le lecteur est-il prévenu contre elle ; il n'en fait aucun cas. Le plus profond dédain, voilà ce qu'il lui a toujours manifesté.

La lectrice seule accorde parfois une bienveillante attention à cette vaine introduction. De la part des femmes, cela n'a rien de surprenant... elles sont si compatissantes ! Et encore pour s'y décider exigent-elles que la préface soit signée d'un nom illustre, que je n'ai pas, sinon, elles font

la moue et feuillettent avec agilité le livre pour arriver rapidement à l'heureux et éternel chapitre premier.

J'avoue que j'incline plutôt du côté des lecteurs que des
lectrices, — ce qui n'est pas des plus galants, — car, je le
redis sous une autre forme, que signifie la préface?...
qu'apprend-elle?

Elle n'apprend rien, et c'est faire preuve d'insigne mauvaise foi que de soutenir qu'elle a une signification. En
conscience, révèle-t-elle un seul fait qui ne soit déjà con-
signé dans l'ouvrage? La démonstration de son impuissance, l'évidence de sa superfluité n'échappe à personne.

L'on dira peut-être qu'elle sert souvent d'épître de recommandation. Eh bien! je n'accepte pas cette objection,
puisque tout écrivain ne doit se recommander que de lui-
même.

L'écrivain, c'est une lettre ouverte que tout le monde a le
droit de lire; c'est un homme dont on connaît tous les
secrets, les moyens et l'impuissance. Son style élevé le
rehausse comme la probité relève le citoyen et apprend à
l'aimer.

— Mais alors, me répliquera-t-on, vous êtes en contra-
diction avec vous-même : vous faites maintenant une préface.

Je répondrai qu'à proprement parler, ma prétendue préface n'en est pas une ; elle n'est autre chose qu'une *présentation*.

L'auteur du livre de poésies, ayant pour titre : *Sous les
Bambous*, est un étranger. Il écrit dans notre langue, qui

est celle que l'on parle à Haïti. N'est-il pas tout naturel que je le présente au public français, avec lequel il veut lier connaissance? Je ne lui donne pas une lettre de recommandation (ce qui serait peu en harmonie avec ce que je viens de dire), je lui ouvre tout bonnement les portes bruyantes de la publicité.

On m'objectera, cette fois, que les portes de la publicité, depuis quelque temps, sont si faciles à ouvrir que ma présentation n'a point sa raison d'être et qu'elle a toute l'apparence d'une recommandation.

Bref, que chacun fasse ses réflexions à sa guise, ce n'est pas moi qui commettrai le ridicule de m'en formaliser; mais, du moins, admettra-t-on qu'il n'est pas de mauvais goût d'accompagner un sympathique étranger dans la maison d'un ami. C'est, je crois, faire preuve au contraire d'une exquise politesse, d'une éclatante urbanité.

Eh bien! l'humble accompagneur c'est moi; l'étranger, c'est M. Alcibiade Fleury Battier, un beau nom de poète, n'est-ce pas? et l'ami, c'est vous, bienveillant lecteur.

Sous les Bambous est un petit parterre orné de plantes exotiques pour les Européens, et, par contre, indigènes pour les Haïtiens.

L'auteur, contrairement à la manie qu'ont quelques-uns de ses compatriotes de s'occuper de choses auxquelles ils ne sont pas suffisamment initiés, a consenti à livrer à l'impression, après maintes hésitations, le résultat de quelques années de poétiques méditations.

Il traite un sujet qui lui est familier; aussi s'en est-il tiré

avec avantage, je pourrai ajouter avec succès. Il décrit les
beautés de son pays, sa luxuriante végétation, ses ravis-
santes femmes, l'enivrant parfum de ses fleurs, l'agréable
saveur de ses fruits, l'imposant aspect de ses arbres; il
dépeint avec sentiment le brillant décor des prairies, la
chaude haleine du climat tropical, la fraîcheur des nuits, le
bruit des cascades, et enfin l'harmonieux murmure des
innombrables ruisseaux.

Les différentes matières qu'il traite sont purement locales.
Il ne sort pas de son pays, et il a raison. Car, pourquoi
entretenir le monde de ce qu'on ne sait pas? En effet, pourquoi laisser l'orange, la mangue, la sapotille, le corossol, la
goyave et la caïmite, pour chanter la prune, la cerise et la
poire, qu'on n'a vues que dans les prosaïques bocaux de
conserves à l'eau-de-vie?

Ah! laisser les différents palmiers, tels que le cocotier
avec les grosses grappes de ces étranges fruits qui apaisent
tant la soif et la faim; les palmistes, aux troncs aussi lisses
que droits, qui donnent ces choux auprès desquels rien ne
saurait approcher; le dattier avec ses petits fruits dorés et
sucrés; le latanier avec ses feuilles faites en forme d'éven-
tail, ce qui leur donne l'air de sourire toujours à la brise
et d'éventer les arbres placés à côté d'eux.

Quoi! laisser tout ça, je vous demande, pour aller babiller
comme un perroquet sur le chêne séculaire, les sycomores,
les platanes et les ormes qu'on ne connaît que par les livres.

Si le talent ne leur servait pas souvent d'excuse, je dirai
qu'on rencontre également en France des écrivains dont la

fertile imagination les entraîne à commettre parfois de regrettables erreurs. N'a-t-on pas rencontré un homme de lettre assez naïf pour représenter l'ananas comme un arbre gigantesque, avec les feuilles longues et touffues, et, comme conséquence, une ombre bienfaisante?

Ce poète, à l'aspect de ce fruit plantureux, a supposé qu'il était en raison directe de l'arbre, tandis que la raison inverse était la vraie. Hélas! dans la vie, il y a souvent de ces regrettables quiproquos.

Et puis, l'Européen ne confond-il pas chaque jour Taïti avec Haïti, le manglier avec le manguier, le médecinier avec le mancenillier, le bananier avec le latanier, etc? Il est vrai qu'à l'aide des dictionnaires on devrait éviter ces absurdités; mais malheureusement les dictionnaires, jusqu'à présent, malgré leurs prolixes explications, sont encore impuissants à nous faire distinguer, sans que nous l'ayons constaté *de visu* un arbre d'un autre, un Chinois d'un Russe, un Prussien d'un Iroquois, un Anglais d'un Américain, et enfin un Haïtien d'un Dominicain(1). Voir et étudier d'après nature, voilà ce qui est de rigueur en pareil cas.

Comme l'on voit, la première condition d'un écrivain, c'est de posséder à fond son sujet avant de le traiter ou d'en parler, sinon il est exposé à tomber dans le ridicule.

C'est ainsi qu'un des plus grands savants d'Europe m'a contesté l'existence des crabes au milieu des terres.

(1) L'île d'Haïti est divisée en deux parties, la partie haïtienne proprement dite et la partie dominicaine. Dans la première, l'on parle le français; dans la seconde, l'espagnol.

« Ces crustacés, s'est-il écrié avec un sérieux d'acadé-
micien, ne vivent que dans l'eau, et, au pis aller, a-t-il
ajouté, on pourrait les trouver à quelques pas seulement du
rivage. »

Et pourtant tous les enfants des Antilles ne sont pas sans
savoir que les crabes vivent aussi bien dans l'eau que dans
les trous profonds qu'ils creusent, — souvent dans des ter-
rains arides, — à une distance de sept lieues de la plage (1).

De son côté, en parlant d'Haïti, Lamartine, dans son
drame *Toussaint Louverture*, a passablement erré. Il place
les Gonaïves tout près de Port-au-Prince, tandis que ces
deux villes sont séparées par la belle distance de 184 kilo-
mètres. Il parle plus loin d'un « morne couvert de neige »,
alors que tout le monde sait que la neige est inconnue jusqu'à présent des mornes, sous les tropiques.

Il fait dire à Adrienne (2), regardant la mer :

> Que la ligne est immense et que les rangs épais !
> Du cap de Samana jusqu'à la Pointe-à-Pile (3),
> L'Océan tout entier semble marcher sur l'île.

Tous les Haïtiens n'ignorent pas que du cap de Samana
à la Pointe-à-Pitre il y a une distance incommensurable, et

---

(1) Avec des planches, on construit de petits parcs qu'on nomme cra-
bières et dans lesquels ces crustacés vivent pendant des mois. On a soin
de les arroser chaque jour et de les nourrir de fruits.

(2) Acte Ier, scène III.

(3) Il n'y a pas de pointe qui s'appelle « Pointe-à-Pile ». L'auteur a
voulu parler de la Pointe-à-Pitre; mais il fallait une rime à *île*.

que la vue, quelque phénoménale qu'elle puisse être, serait, en tout cas, interceptée par les différents promontoires de l'île, sans compter les hautes montagnes qui la traversent en tous sens.

A son tour, Hugo, malgré son immense talent, son puissant génie, Hugo a péché dans *Bug-Jargal*, qu'il a écrit à l'âge de seize ans, je dois le dire, mais qu'il a revu et corrigé plus tard.

Après avoir mis *obi* pour *zombi* (1), il dit en parlant d'un crocodile (2) :

« L'animal foudroyé ouvrit et ferma encore deux ou trois fois sa gueule sanglante et ses yeux éteints ; mais ce n'était plus qu'un mouvement convulsif, et tout à coup il se renversa à grand bruit sur le dos en roidissant *ses deux pattes larges et écaillées.* Il était mort. »

Ce qui semble attester que le crocodile ne possède que deux pattes, alors que cet immense reptile amphibie est un dangereux quadrupède.

Méry, qui n'avait jamais vu les Indes, a décrit les coutumes orientales avec un pinceau magistral, c'est vrai, mais avec des couleurs parfois chargées. Il s'est bien gardé cependant de tailler dans le vif ; il a agi avec mesure dans l'exécution de son plan, et, malgré le haut talent de Méry, ses descriptions, quoique empreintes d'un incontestable

(1) Zombi vient du mot français « ombre à lui », et, par altération, les créoles ont fait Zombi.

(2) Le caïman ou crocodile de Saint-Domingue atteint souvent une longueur de 4 mètres. Sa grosseur est proportionnée à sa taille.

cachet exotique, ne sont pas toujours exempts d'exagéra-
tion et d'infidélité.

Certes, aucun reproche de ce genre ne saurait être adressé
à M. Alcibiade Fleury Battier. Il peint, lui, les objets qu'il
a devant les yeux. Il ne s'aventure pas dans les lointains
parages; aussi, rien de fantasque, rien de fictif chez lui.

Je n'analyse pas son livre, il me l'a plus d'une fois lu. Je
l'ai écouté avec plaisir et je le recommande au public comme
étant digne de son attention.

Je vous certifie, lecteur, que M. Battier a tout du poète ;
il a pour lui l'inspiration, son rhythme est correct. L'harmonie et la mélodie — qui sont si familières aux créoles —
sont ses excellentes amies.

Ancien chef de division au ministère de l'instruction
publique d'Haïti, il met à profit ses heures de récréation en
caressant la Muse.

Le dimanche, muni de sa plume, d'une main de papier
et d'un peu d'encre, il prend le chemin de la campagne et
va versifier à l'ombre des bambous, ces gigantesques graminées.

Ah! il n'est pas bien loin de nous pourtant ce temps
maudit où les colons assistaient en froids spectateurs à
l'affreux supplice des nègres, cette race d'hommes à laquelle
ils osaient contester la plus petite parcelle d'intelligence.

Ah! elle n'est pas loin de nous pourtant cette hideuse
époque où la promiscuité des sexes et les sanglants châtiments étaient à l'ordre du jour et ravalaient l'esclave noir
au point de le mettre au-dessous de la bête.

O bienfaisante Révolution de 1789, je te salue pour la millième fois et me prosterne fièrement devant toi, car je t'aime bien!

C'est toi qui brisas les chaînes des esclaves; c'est toi qui leur fis lever l'étendard de la révolte; c'est toi qui fis triompher ces antiques réprouvés qui avaient une si grande soif de cette eau salutaire qu'on nomme la liberté.

Fille légitime de la Révolution, ô liberté, n'est-ce pas toi qui enfantas Toussaint Louverture, ce nègre de génie dont Haïti a le droit d'être fière? N'est-ce pas toi qui donnas le jour à Pétion, à Boyer et à ces héroïques insulaires que Rochambeau lui-même ne pouvait s'empêcher d'admirer?

Non loin des guerriers que de 1789 à 1804 a produits Haïti, on voit se dessiner maintenant une pléiade de notoriétés. Aussi l'esclave, qui resta si longtemps courbé sous le joug du maître, a-t-il aujourd'hui pour petits-fils des avocats, des médecins, des législateurs, des juges et des littérateurs écrivant le français, sinon avec autant d'habileté que nos critiques, du moins avec plus de facilité et de pureté que certains professeurs attachés aux lycées d'Haïti .tout armés qu'ils sont de leurs phrases latines et de leurs lieux communs.

Les nègres de toutes les couleurs, — qu'on me passe cette singulière expression, — sont naturellement intelligents Ils conçoivent aisément. Seulement, j'ai eu lieu de le remarquer, les créoles en général accusent plus de goût pour les lettres que pour les sciences.

Je ne déposerai pas la plume avant que j'aie fait observer aux lecteurs que M. Fleury Battier n'est pas le seul poëte haïtien. Il a des rivaux, et de sérieux et nombreux rivaux encore.

Il n'entre pas dans mon esprit de vouloir gourmander le gouvernement haïtien, mais j'éprouve le besoin de lui dire, en toute franchise, qu'il ne ferait pas mal d'encourager les lettres, ce solide véhicule du progrès.

Pour cela il lui suffira d'être moins libéral dans son scandaleux budget de la guerre, pour qu'il lui soit permis de se montrer plus généreux envers ses poètes nationaux.

GESNER RAFINA.

Port-au-Prince, 21 avril 1880.

DÉDICACE

A MON PAYS

A LA MÉMOIRE DE MON PÈRE

A LA MÉMOIRE

DE

ROSIER LOUIS-BERNARD

A MESSIEURS

DORCELLY ÉTIENNE

Vice-Président du Tribunal de Cassation de la République.

· FÉNELON DUPLESSIS

Président du Conseil supérieur de l'Instruction publique.

F. D. LÉGITIME

Directeur de la Douane de ce port.

J. B. DEHOUX

Docteur en Médecine de la Faculté de Paris.

JUSTIN LÉLIO DOMINIQUE

Avocat du Barreau de Port-au-Prince.

ET

MADIOU

Ancien Secrétaire d'État de l'Instruction publique,
de la Justice et des Cultes.

Témoignage

de sincère affection et de profonde sympathie.

SONNETS

SONNETS

AU BAMBOU

I

Bambous, je viens chanter la riante nature,
Le front bleu du matin, la cascade et l'amour !
Je viens chanter ces monts couronnés de verdure,
Ces horizons lointains et ces perles du jour !

Je viens de nos palmiers grandissant sans culture
Célébrer la fierté, la taille et le contour ;
De nos charmants coteaux contempler la peinture,
Et chanter la vaillance et l'honneur tour à tour.

Bambous qui soupirez de si douces complaintes
Quand la brise du soir vous berce sans contraintes,
Quand l'affreux aquilon fait plier vos roseaux ;

Bambous, inspirez-moi de doux chants pour ma lyre !
Que le beau, dans mon cœur trop longtemps en délire,
Chantonne avec le vrai comme de gais oiseaux !

II

Bambous, je viens rêver sous votre doux feuillage !
Je n'apporte avec moi que des chants et des pleurs.
Laissez-moi fuir le monde avec son babillage
Pour donner libre cours à mes vives douleurs.

J'aime les bois profonds troublés par le ramage
De ces bardes ailés qu'on prendrait pour des fleurs.
J'aime dans les déserts à retrouver l'image
De celle qui du ciel a toutes les couleurs.

Je suis ce qu'on appelle un rêveur, un poète,
Un être plein de foi, qui sans cesse répète
Ce qu'il entend là-haut dans la grande cité.

Je suis un voyageur qui, malgré sa souffrance,
En voyant les cieux bleus retrouve l'espérance,
Et reconnaît partout un Dieu plein de bonté ! ! !

31 Mars 1880.

ODELETTES & BALLADES

L'Ode, avec plus d'éclat et non moins d'énergie,
Élevant jusqu'au ciel son vol ambitieux,
Entretient dans ses vers commerce avec les dieux,
. . . .
Son style impétueux marche souvent au hasard,
Chez elle un beau désordre est un effet de l'art

(BOILEAU.)

ODELETTES & BALLADES

MON PAYS!...

Connais-tu le pays où fleurissent les
grands yeux noirs derrière les ja-
lousies, où les nuits sont resplen-
dissantes d'étoiles?...

Je suis de ce pays où les femmes sont belles,
Et font dans tous les temps des épouses fidèles ;
Où les mères, les sœurs sont pleines de douceur ;
Où du bien qu'on reçoit l'on garde la mémoire ;
Où l'on chante l'amour, où l'on chante la gloire,
      Le courage et la valeur !

Je suis de ce pays où les brunes fleurissent,
Et dont la peau ressemble aux raisins qui mûrissent ;
Où la *griffonne* est vive avec ses grands yeux noirs ;
Où la négresse a pris la couleur de l'ébène,
Emma, celle de l'or, — Emma dont l'âme est pleine
      Du parfum des encensoirs.

Je suis de ce pays où la brise animée
Caresse du *tcha-tcha* la tête parfumée
Et cueille des fruits d'or pour orner les chemins ;
Où les vallons sont frais, où l'amour est sans chaines,
Où l'on trouve du miel dans les troncs des vieux chènes,
  Et des fleurs à pleines mains.

Je suis de ce pays à jamais adorable
Qui produit l'oranger, non moins doux que l'érable,
Le laurier, le palmier, l'acajou, le cafier,
La canne, le coton, le thym, la sapotille,
La pêche, le manguier, le pin, la grenadille,
  La vigne et l'abricotier.

Je suis de ce pays qu'un chaud soleil éclaire,
Où l'on trouve de l'or rien qu'en fouillant la terre,
Où les bosquets sont verts, les mornes ravissants,
Les grands bois pleins d'échos, les cascades chantantes,
Le ciel riant et bleu, les sources murmurantes,
  Et les zéphyrs caressants.

Tous mes vœux sont pour toi, tendre pays que j'aime,
Toi, qui de la victoire as reçu le baptême.
Je salue en ce jour tes guerriers d'autrefois !...
Marche, chère Haïti, sois heureuse et prospère,
A l'ombre de la paix ; aime, vis, crois, espère,
  Et sois grande par les lois !

  22 février 1880.

COMMENTAIRE

Que d'autres, se ressouvenant des beaux lieux qu'ils ont visités, chantent la France avec ses merveilles, l'Angleterre avec ses manufactures, l'Espagne avec ses sérénades et ses échelles de soie, Venise avec ses gondoles couronnées de fleurs, Rome avec ses temples majestueux et ses ruines imposantes ! Mais moi, qui n'ai rien vu de tout cela ; qui ne connais que mon ciel bleu, mes horizons sans bornes, mes bananiers au vert feuillage, mes palmiers qui confient sans cesse leurs branches recourbées au baiser de la brise ; que mes mornes chevelus et mes rivières qui roulent leurs eaux limpides à l'ombre des citronniers en fleurs, je ne veux chanter que mon pays, objet de mes tendres amours !...

*
* *

> Je suis de ce pays où la brise animée
> Caresse du *tcha-tcha* la tête parfumée....

Le *tcha-tcha* (d'autres écrivent *tia-tia* et même *kia-kia*), ainsi appelé par onomatopée, à cause du bruit que font ses gousses sèches lorsqu'elles sont agitées par le vent, est un arbre originaire du Malabar. Il a été, dit-on, apporté dans le pays par une goëlette du nom de *La Gonave*, vers 1780 à 1785. Son nom technique est *acacia Lebbeck* Il est de la famille des légumineuses. Plus d'un poète noir a chanté le doux parfum de ses fleurs et le bruit que font ses « pois cabaleurs ! »

ALLONS SOUS LES BAMBOUS!

Si vous voulez d'un lieu toujours sûr et propice,
Pour écouter la brise au langage si doux,
Ou d'un parfait bonheur pour goûter le délice,
   Allez sous les bambous!

Si vous cherchez un lieu pour rêver en silence,
Où l'amour sait donner le plus cher rendez-vous,
Où sur sa tige d'or le bonheur se balance,
   Allez sous les bambous!

Si vous voulez chanter pour accorder la lyre,
Si votre muse est pauvre en parure, en bijoux,
Si vous cherchez l'endroit où la brise soupire,
   Allez sous les bambous!

Voulez-vous vous cacher pour la voir toute nue,
Se baigner, le matin, loin des regards jaloux,
Et cacher jusque-là sa beauté reconnue?
   Allez sous les bambous!

Puisque tu veux m'entendre, ô brune qui m'engage,
Te répéter ces mots qu'on ne dit qu'à genoux :
Puisque de ton amour tu me promets un gage,
            Allons sous les bambous !...

COMMENTAIRE

J'ai crayonné ces vers, un dimanche, sous les bambous de
Duparc, près de Miragoâne. Là, tout est fait pour inspirer le vrai
poète : concert des oiseaux, parfum des fleurs, brise joyeuse, murmure de l'eau, chant du coq, bruit du battoir dans le lointain.

Heureux celui qui peut aller s'asseoir, un moment, à l'ombre de
ces graminées pour chanter ou pour rêver !!!

AUX ENFANTS DE MARIANI

Joyeux enfants des champs que le ciel même admire,
Qu'il est grand le bonheur de votre âge si pur !
Comme dans l'onde on voit le palmier qui se mire,
On voit dans vos beaux yeux vos longs rêves d'azur.

Couronnez-vous des fleurs que le printemps vous verse,
Et que leur doux parfum vous embaume le cœur !
Le bonheur, sachez-le, qu'un moindre vent renverse,
Fuit les palais des rois pour le chaume vainqueur.

Tandis que loin de vous s'agite la puissance,
Que tout votre désir s'arrête à l'horizon,
Il vous est bien permis, chérubins qu'on encense,
De chanter, de danser sur le riant gazon !

Sous vos verts bananiers, baignés par la rivière,
Aimez à respirer les parfums du matin ;
Quand la lune, le soir, vous jette sa lumière,
Allez sous l'amandier bénir votre destin.

Dans vos champs de maïs allez avec la joie;
Sous vos frais orangers, répétez vos chansons!
Fuyez, fuyez la ville et ses manteaux de soie,
Car le bonheur se tient sous les fleurs des buissons.

Dormez du doux sommeil qu'apporte l'innocence,
Beaux papillons des champs, fleurs de *Mariani!*
Que la paix, dans vos cœurs, vous verse son essence,
Et que le deuil pour vous soit à jamais banni!

Savourez, savourez vos plaisirs de jeunesse,
Buvez-les au calice où l'amour met son miel;
Car loin n'est pas le temps où l'amère tristesse
Viendra vous présenter de l'absinthe et du fiel!...

Joyeux enfants des champs que le ciel même admire,
Qu'il est grand le bonheur de votre âge si pur!
Comme dans l'onde on voit le palmier qui se mire,
On lit dans vos beaux yeux vos doux rêves d'azur.

1er Mars 1875.

————

C'était un soir. Nous étions quatre voyageurs.

Des étoiles sans nombre décoraient le dôme des cieux. La lune se levait lentement derrière la montagne que nous avions devant nous, pour aller prêter sa capricieuse lumière à cette ravissante illumination que nous contemplions depuis bientôt une demi-heure. L'air était rafraîchi par la brise parfumée qui sortait des gorges de la colline. Au murmure amoureux de la rivière, aux grandes allées de bambous qui s'étendaient devant nous à perte

de vue, aux grands arbres plantés au haut des mornes comme
des géants invincibles, nous reconnûmes *Mariani* que, plus d'une
fois, j'ai voulu chanter après C. Ardouin ! Tandis qu'un sentiment d'adoration s'élevait dans nos cœurs au milieu de ce silence,
qui n'était troublé de loin en loin que par le chant monotone de
quelques oiseaux, et que nous saluions *Mariani*, vierge dont
la brise de mer apporte au Port-au-Prince le parfum de ses
citronniers en fleurs et l'écho des complaintes amoureuses qu'elle
adresse à ses cannes chevelues, nous vîmes quelques jeunes et
beaux enfants, aux pieds nus, qui dansaient devant un ajoupa, sur
un tapis de gazon. La gaieté la plus naïve les animait. Ils chantaient, sans doute, une chanson que leur avait apprise leur mère.
Nous les écoutions avec plaisir, tant il est vrai que la poésie,
quelle qu'elle soit, exerce toujours un puissant empire sur les
cœurs sensibles ! Les innocents !... Dès qu'ils nous virent faire
halte pour les contempler, ils prirent la fuite ; mais, quand ils
surent, par l'assurance que nous leur donnâmes, que nous n'étions
pas *méchants*, ils revinrent à nous et recommencèrent leurs jeux.

« Qu'ils sont heureux ces charmants êtres ! me dit alors un de
mes compagnons (1). Rien ne trouble leur joie innocente et pure !
Heureux celui dont le cœur n'est point encore desséché par le
souffle des passions ! ».

— Non, répliqué-je alors à mon interlocuteur ; rien ne trouble
leur joie ! Leur bonheur me remet à la mémoire ces paroles de
Bernardin de Saint-Pierre, parlant de Paul et de Virginie : « Ils
« ne s'inquiètent pas de ce qui s'est passé dans les temps reculés
« et loin d'eux ; leur curiosité ne s'étend pas au delà de cette
« montagne. Ils croient que le monde finit où finit leur île et ils
« n'imaginent rien d'aimable où ils ne sont pas... Jamais des
« sciences inutiles n'ont fait couler leurs larmes ; jamais les leçons
« d'une triste morale ne les ont remplis d'ennui... »

Après leur avoir dit quelques bonnes paroles, nous les quit-
tâmes pour reprendre le chemin qui devait nous conduire à
Jacmel, cité fameuse par le siège mémorable qu'elle a soutenu
pendant la guerre civile entre Toussaint et Rigaud. C'est plein de
ce doux souvenir que, quelques jours plus tard, je composai ces
faibles strophes.

(1) M. Fénelon Duplessis Il était accompagné de son intéressant
neveu, M. Odilon Archin,

SOUVIENS-TOI!...

A UNE ÉTRANGÈRE

I

Souviens-toi du barde noir,
O mon ange adorable, ô ma brune créole!
Dans le pays des blancs où tu vas, auréole,
Souviens-toi du barde noir!...

Souviens-toi du barde noir,
Poésie incarnée, autre part de mon âme!
S'il est vrai que l'amour te dirige et t'enflamme,
Souviens-toi du barde noir!...

II

Lorsque la cloche du soir
Annonce l'*Angelus* aux enfants du village;
Quand la brise en chantant vient bercer le feuillage,
Souviens-tois du barde noir!...

Lorsque la fleur, encensoir,
Répand son doux parfum au sein de la verdure :
Quand l'aurore aux yeux bleus contemple la nature,
Souviens-toi du barde noir !...

III

Jusques à quand nous revoir ?...
Si tu pouvais jamais oublier ta patrie,
Souviens-toi bien du moins, ô ma brune chérie,
Souviens-toi du barde noir !...

Là-bas, dans ton frais boudoir,
Où plus d'un t'offrira l'encens des cassolettes,
Souviens-toi de tes champs ornés de violettes,
Souviens-toi du barde noir !...

Mars 1880.

SOUS LE CAFIER

Allons sous le cafier,
   Tendre Rose,
Je veux te confier
   Douce chose.

Là, nul ne nous verra,
   Ma créole!
Zéphyr seul entendra
   Ma parole.

Nous serons, crois-moi bien,
   A notre aise.
C'est là qu'est le vrai bien,
   N'en déplaise!

Nous *ferons beaux instants* (1)
   Grâce à l'ombre.
Ils aiment, les amants,
   Tout lieu sombre.

Sous les bambous, parfois,
    Se présente
Un lutin, dont la voix
    Epouvante ;

Mais sous le vert catier,
    On peut faire,
Sans l'aide d'un greffier,
    Son affaire.

Allons, dépêche-toi
    O ma brune !
Tu n'auras pas sans moi
    Ta fortune.

Ah ! tu consens !... Bravo,
    Ma gentille !
Chantons un air nouveau,
    Je frétille !

Bizoton, 6 octobre 1875.

COMMENTAIRE

(1) « *Faire de beaux instants,* » pour « *passer de doux moments,* » est un créolisme énergique. Quand on voit deux personnes qui s'aiment, qui se parlent, qui se font les yeux doux, on
dit : « *Elles font de beaux instants.* » Chaque peuple a ses ori-
ginalités de langage, et ce qui paraît une faute pour quelques-uns,
n'est, le plus souvent, qu'une beauté.

LE OUANGA-NÉGRESSE

Rara avis...

(HORACE.)

Pourquoi donc fuir et revenir sans cesse
Du citronnier au bananier en fleurs?
Que trouves-tu de si doux dans les fleurs,
Petit oiseau, charmant ouanga-négresse?

Que tu me plais, modèle de tendresse,
Lorsque tu viens caresser l'oranger !
Nul ne saurait mieux que toi voyager,
Petit oiseau, charmant ouanga-négresse !

Au frais manguier d'éternelle jeunesse,
J'aime à te voir prodiguer tes amours.
Vers le rosier, on te cherche toujours,
On te bénit, charmant ouanga-négresse !

Ton fin corsage explique ta souplesse,
Ton élégance et ton agilité.
Celui qui veut goûter la liberté
N'a qu'à te suivre, ô doux ouanga-négresse !

4

Le colibri, dont on vante l'adresse,
Doit te céder souvent le premier pas.
Car, plus que lui, tu rayonnes d'appas,
Enfant de l'air, gentil ouanga-négresse !

Pour Amanda, la brune mûlatresse,
Tu sais combien mon cœur est plein d'amour....
Va donc vers elle et dis-lui sans détour
Ce que j'attends, ô mon ouanga-négresse !

Si tu la vois méprisant ma tendresse,
Jette en son cœur ton philtre ardent et pur.
Car on m'apprend que tu peux à coup sûr
Donner l'amour dans un ouanga-négresse.

Vole toujours et que rien ne te blesse
Dans les sentiers odorants et fleuris !
C'est peu pour toi que ces beaux lieux chéris,
Aimable oiseau, petit ouanga-négresse.

Sais-tu pourquoi, dans ma brûlante ivresse,
Je veux t'aimer, te chanter dans mes vers ?
C'est qu'il n'est rien dans ce vaste Univers
Plus beau, plus doux que le ouanga-négresse.

1876.

COMMENTAIRE

Le *ouanga-négresse* est un des oiseaux les plus gentils de nos
bois fleuris. — Il dispute la palme au colibri, son digne compétiteur. Il est a peu près de la grosseur du *tchit*, ce chanteur in-
visible qui a inspiré de si beaux vers à *Jgnace Nau*. Le *ouanga-
négresse* est l'amant passionné des fleurs Du matin au soir, sans
jamais se lasser, on le voit voltigeant autour du grenadier, du
bananier ou de l'oranger. Il est d'une agilité à nulle autre pareille. C'est l'hirondelle des Antilles. — Cet oiseau m'est cher,
car il me rappelle un des plus doux souvenirs de mon enfance...

Dans notre pays où l'ignorance nourrit la crédulité, on a longtemps cru que cet oiseau pris, mis en cage, nourri et soigné con-
venablement, avait le pouvoir de faire qu'on soit aimé de celle
qu'on aime. De là lui est venu son nom. Hélas ! ils ne sont plus
ces temps dignes de regrets !.., Aujourd'hui tout le monde est con-
vaincu que le meilleur *ouanga-négresse*, c'est-à-dire le vrai
moyen de se faire aimer d'une brune ou d'une noire ou d'une
jaune, c'est de se rendre digne de son amour.

UNE FLEUR

DONT ON NE DIT PAS LE NOM

Quel est le nom de cette fleur
Belle, petite et violette,
Qui, sans une grande valeur,
Semble dire au passant : « Arrête ! »

« Arrête et contemple-moi bien,
« Car du plaisir je suis l'image !
« Sans moi, la vie est sans nul bien,
« Même pour l'homme le plus sage.

« De la femme je suis le prix,
« De l'homme je fais le délice.
« D'amour on est toujours épris,
« En se servant de mon calice.

« Pourtant je suis une humble fleur,
« Un simple ornement de clôture ;
« Je suis légère et sans odeur,
« N'ayant jamais eu de culture, »

On la voit dans tous les buissons,
Dans tous les champs, près des bois d'orme ;
Elle brille de cent façons,
Par sa couleur et par sa forme.....

Hâte-toi de dire son nom !
— C'est l'œillet. — Pas ! — C'est donc la rose ?
— Encore moins ! — Le jasmin ? — Non !
— Ah ! je sais..... C'est le laurier-rose.

. . . .
. . . .

Puisque tu ne devines pas
Son nom (ce qui me paraît étrange !),
Viens, je te le dirai tout bas,
Divine créole, ô mon ange !

15 avril 1875.

—————— — ·

A peine avais-je terminé cette petite composition que je m'em-
pressai de la lire à quelques amis, parmi lesquels se trouvaient
trois hommes et une demoiselle. Je voulais voir si le nom de cette
fleur serait deviné. Chose curieuse ! la demoiselle seule mit le
doigt dessus.

Quoi d'étonnant ?

Devinez à votre tour, ô ma charmante lectrice !

AU COLIBRI

« La nature, en prodiguant tant de
beautés à l'oiseau mouche, n'a pas
oublié le colibri, son voisin et son
proche parent. »

(BUFFON.)

Aimable colibri, si plein de gentillesse,
Que l'on voit, le matin, voltiger sur les fleurs,
Avec tant de gaîté, de bonheur et d'adresse !
Qui peut, en te voyant paré de tes couleurs,
Refuser à ta grâce, à ta beauté si pure,
Un ravissant sourire, un doux regard d'amour !
J'aime bien à te voir, car ta riche parure
Est pour nous, en ce lieu, plus belle que le jour.

> Vole partout avec grâce,
> O colibri mes amours !
> Élance-toi dans l'espace,
> Mais reviens à moi toujours !

Moins éclatant, c'est vrai, que le fier oiseau-mouche,
Tu n'as pas cependant moins de prix à nos yeux.

De tout temps on préfère, à la beauté farouche,
L'humble et douce candeur, cette perle des cieux.
De rubis éclatants tout ton corps étincelle
Comme l'astre des cieux dans un beau jour d'été ;
Et ton col gracieux que le temps renouvelle
Est garni de soleils, d'étoiles de beauté !

            Enivre-toi de délices,
            O colibri mes amours !
            Prends ton vol vers les calices
            Mais reviens à moi toujours !

Sur le vert citronnier au parfum balsamique,
A l'heure où le zéphyr vient faire son butin.
J'aime bien, colibri, de ton éclat magique,
A contempler, rêveur, ta robe du matin.
Pour le roi du bosquet on pourrait bien te prendre,
Avec tes ailes d'ange aux reflets azurés.
Au plus grand des honneurs tu peux ici prétendre,
Car l'amour t'a donné des titres assurés.

            Si le vert printemps t'appelle
            Et réclame ton secours,
            Laisse tomber de ton aile
            Le doux parfum des amours.

Au calice des fleurs tu places ton empire,
Où du matin au soir tu t'enivres de miel.
Tu vis sans ces soucis qu'on ne saurait écrire
Sans verser une larme en regardant le ciel.

Tout est rose pour toi, tout est peine pour l'homme.
Tu cherches le plaisir, nous buvons la douleur
A longs traits. C'est égal. Ton destin qu'on renomme
Est bien digne d'envie; il donne le bonheur.

> Si tu dois m'être infidèle,
> O colibri des beaux jours!
> Chasse vite de ton aile
> Le doux parfum des amours!

Bizoton, janvier 1872.

C'était un dimanche matin. J'étais à la campagne avec quelques
amis intimes. Assis sur des nattes de jonc, à l'ombre d'un manguier
au feuillage touffu, nous goûtions un délicieux plaisir à contempler
la nature, toujours pleine de charmes pour ceux qui ont le cœur
capable de s'élever jusqu'à l'admiration; nous caressions des
yeux la verdure qui s'étendait devant nous comme une immense
nappe étendue dans la plaine; nous prêtions l'oreille au doux
bruit de la cascatelle qui n'était éloignée de nous que d'une ving-
taine de pas... Devant ce magnifique tableau qui paraissait tout
nouveau pour moi, je sentais le besoin de chanter et d'adorer en
silence l'Etre qui avait fait de si belles choses... J'allais m'éloi-
gner de la foule, quand un de mes amis me dit : — Victor, *chante-
nous* donc quelque chose! — Hélas! lui répondis-je, comme le
poète béni, dont le nom sera toujours sur mes lèvres — Lamartine — que veux-tu que je chante? Les sujets, il est vrai, ne
manquent pas à l'artiste, mais l'artiste manque aux sujets. Laissez-moi contempler, car contempler ou aimer, c'est prier. —
J'avais à peine fini de parler que je vis un gentil colibri passer et
repasser sur nos têtes pour aller se poser enfin sur une branche
de citronnier en fleur, qui embaumait l'air du parfum le plus
agréable. Il m'inspira, cet aimable oiseau. Vite, je pris mon
crayon et traçai, en moins d'une demi-heure, ces quelques vers
qui n'ont d'autre mérite que celui d'avoir été composés presqu'au
courant du crayon, et en présence de l'objet aimé.

A LA VILLE DE MIRAGOANE

A M. ETHÉART JEAN-SIMON

I

O tendre et doux séjour, séjour plein de délices,
Où j'ai goûté l'amour dans ses plus purs calices,
Où la crainte et la joie ont disputé mon cœur,
Où mon âme rêveuse et bien souvent ravie,
A chanté l'espérance au matin de la vie,
Dis, puis-je t'oublier, champs aimes du bonheur?

Combien j'étais heureux de contempler sans cesse
De tes vertes forêts l'éternelle jeunesse,
Et de ton ciel clément l'humble sérénité !
Combien j'etais heureux quand tes fraîches campagnes,
Tableaux pleins de grandeur qu'encadrent les montagnes,
Déroulaient à mes yeux leur divine beauté ;

Quand la lampe des nuits, de sa pure lumière,
Eclairait l'horizon, les bois et la chaumière,
Et que mille flambeaux faisaient briller l'azur !!!
Combien j'étais heureux, ô rives bien-aimées!

Lorsque j'allais cueillir ces perles embaumées (1),
Que la brise du soir disputait au vieux mur.

    Oui, le bonheur est éphémère!
    Pourquoi le chagrin, source amère,
    Détruit-il notre peu d'espoir?
    Pourquoi l'homme sans le savoir,
    Depuis le matin jusqu'au soir,
    Cherche un baume dans la souffrance
    Et des larmes dans l'espérance?
    Partout la douleur nous sourit!...
    Hier, d'une extase ravissante,
    Mon cœur, comme une fleur naissante,
    Buvait la rosée innocente.
    Aujourd'hui le deuil le remplit...

Combien j'étais heureux quand, lassé de fatigue,
Des longs ennuis du jour, qu'un lieu sombre prodigue,
Je parcourais tout seul tes séduisants coteaux!
Combien j'étais heureux de m'asseoir sur la mousse,
Un bon livre à la main, de l'humeur la plus douce,
Pour lire Lamartine au concert des oiseaux!

Dans ces joyeux moments où tout dans la nature
Se couronnait le front de fleurs et de verdure,
Où l'aimable zéphyr, caché sous le jasmin,
En prenait le parfum pour encenser la terre,
Je croyais que la vie était un grand parterre
Où l'homme récoltait plaisir, bonheur sans fin...

---

(1) Il y a à Miragoâne, fortement attachée aux vieux murs, une petite fleur blanche, légèrement parfumée, que je n'ai rencontrée nulle part. Les enfants, qui savent donner un nom à tout, l'appellent « Fleur du jour de l'an, »

O tendre et doux séjour, séjour plein de délices,
Où j'ai goûté l'amour dans ses plus purs calices,
Où la crainte et la joie ont disputé mon cœur,
Où mon âme rêveuse et bien souvent ravie,
A chanté l'espérance au matin de la vie,
Dis, puis-je t'oublier, champs aimés du bonheur?

II

Combien j'étais heureux quand, un jour, ma gondole,
Sur les flots azurés emportant mon idole,
Glissait comme un oiseau qui se perd dans les cieux?
Le soleil se levait pour éclairer le monde.
Mille poissons montraient, sur cette mer profonde,
Leurs écailles d'argent d'un éclat radieux.

Tandis que la gondole, avec soin couronnée,
Filait à l'horizon, ma tendre Dulcinée
Envoyait aux échos ses naïves chansons.
Les flots, en ce moment, se taisaient pour l'entendre;
Et sa voix, comme un orgue, en aucun lieu plus tendre,
Ne savait mieux toucher par des mots, par des sons.

L'incarnat de son teint brillait comme une rose,
Source du vrai parfum, sitôt qu'elle est éclose.
On lisait le bonheur dans ses yeux amoureux;
Le zéphyr déroulait sa longue chevelure,
Et la faisait flotter comme une autre ceinture.
En la voyant ainsi, qui ne serait heureux?...

Inspiré par l'amour, je chantais son sourire,
Je lui disais des mots que le cœur seul sait dire ;
Je lui prenais la main — ô souvenir du cœur ! —
Pour la baiser cent fois dans la plus douce ivresse.
Muse, puis-je oublier ce moment d'allégresse,
Où je crus savourer un éternel bonheur?...

> Oui, le bonheur est éphémère!...
> Pourquoi le chagrin, source amère,
> Détruit-il notre peu d'espoir?
> Pourquoi l'homme sans le savoir,
> Depuis le matin jusqu'au soir,
> Cherche un baume dans la souffrance
> Et des larmes dans l'espérance?
> Partout la douleur nous sourit?...
> Hier, d'une extase ravissante,
> Mon cœur, comme une fleur naissante,
> Buvait la rosée innocente.
> Aujourd'hui le deuil le remplit...

III

Si l'amour m'a longtemps enivré de ses charmes,
Combien de fois aussi n'ai-je pas vu des larmes
Me tomber à grands flots sur le cœur palpitant !
Combien de fois encor les chagrins et les peines,
Réduisant tous mes vœux en espérances vaines,
N'ont-ils pas fait de moi le rêveur pénitent ?...

O toi qui m'assistais dans ces heures cruelles,
Comme un ange d'amour aux éclatantes ailes,
Muse, dis si les pleurs à l'amour sont unis,
Oh ! dis si l'espérance à la fleur est semblable,
Si l'austère douleur, partout impitoyable,
Poursuit le malheureux dans ses rêves bénis !!!

Bien grande était ma joie, ô Pont de Miragoâne,
Lorsque je te voyais dresser sur la savane
Avec tes vieux remparts d'éternel souvenir !
Je pensais aussitôt à l'homme magnanime (1),
Qui disait à Rigaud dans un élan sublime :
« Pourquoi nous diviser ? Il est doux de s'unir !!! »

> La nature, pour tous est un livre,
> Dont les grandes pages font vivre
> Les héros d'immortalité.
> Leurs noms, tout brillants de clarté,
> Sont un gage à la liberté.
> Jamais des méchants la mémoire
> N'a franchi le seuil de la Gloire ;
> A ceux-là l'oubli seul suffit.
> Au soldat de l'indépendance,
> Elevons, par reconnaissance,
> Un autel, comme récompense
> Du legs sublime qu'il nous fit !!!

(1) Alexandre Pétion, mort président d'Haïti.

IV

Mais pourquoi sur tes bords n'ai-je plus un asile,
Ville autrefois coquette, au commerce facile?
Pourquoi donc tes enfants ont-ils abandonné
Et ton si doux soleil et ton si beau rivage?
Aurait-on par hasard amené l'esclavage
Sur ton sol innocent, jadis si fortuné?... (1)
N'avais-tu pas soumis à ton obéissance
La joie et le bonheur, le plaisir, l'innocence?
Comme un nouveau Pactole aux cailloux argentés,
N'avais-tu pas de l'or avec des pierreries?
N'allait-on pas aussi sur tes rives chéries
Ramasser des bijoux de toutes les beautés?
Et qu'as-tu fait, dis-moi, de ma charmante brune,
De ce léger esquif, notre seule fortune,
Qui nous avait conduit aux plages du bonheur?...
Ton silence me dit que la brune cruelle
N'était rien moins, hélas! qu'une amie infidèle,
Et que l'homme ici-bas est fait pour la douleur!!!...

(1) Cette pièce a été composée en 1869, peu de jours après le bombardement de Miragoâne.

COMMENTAIRE

Miragoàne est comme Saint-Marc, « une charmante petite ville de poète ». Elle est environnée de mornes, au Nord, au Levant et au Sud, et est baignée au Couchant par la mer, calme et profonde.

J'ai aimé et j'aime encore ce délicieux endroit, bâti comme une autre Venise, et semblable de loin à un immense nid d'oiseaux.

J'ai dirigé pendant cinq années entières, à la satisfaction de tous, l'école nationale de cette ville. La plupart de mes élèves, qui sont aujourd'hui des jeunes gens intéressants et recommandables, n'ont jamais cessé depuis cette époque de me témoigner de l'amitié et de la reconnaissance. Ils me vouent la plus tendre affection. Je les en remercie. J'aime à me revoir en eux et à me rappeler que j'ai su, à ce poste honorable, rester digne de la confiance générale et mériter pendant longtemps les félicitations des uns et des autres.

C'est une consolation qui m'est laissée pour le soir de mon existence, si rien n'arrête mon soleil dans sa course.

CHANT D'ADMIRATION!

A MADEMOISELLE D... A...

O toi dont les vertus commandent le respect,
  Bel ange au front candide
Je voudrais te chanter, mais à ton doux aspect
  Je deviens tout timide.

Et qui peut bien chanter de ton cœur généreux
  La grandeur, la noblesse,
Tous ces divins trésors que le Ciel amoureux
  Te verse avec largesse?

Ton cœur est aussi pur que ces perles du jour,
  Le jasmin et la rose.
C'est un brûlant foyer d'harmonie et d'amour,
  Où le talent se pose.

. . . .

Tu n'as d'autres plaisirs que de cueillir des fleurs
  Dans la verte prairie,
Et d'aller les offrir, brillantes de couleurs
  A l'autel de Marie.

Dis-moi ces rêves d'or qui bercent ton sommeil
    La nuit quand tu reposes !
Apprends-moi ces doux chants que ton ange vermeil
    Te jette avec des roses !

Dis-moi ce que le Ciel réserve à la candeur,
    Qu'ici-bas on encense ;
A la vierge au cœur pur, à l'aimable grandeur,
    A la tendre innocence ?

Dis si la jeune fille, en s'envolant au ciel,
    Est changée en étoile....
Oui, dis-moi si là-haut tout est parfum et miel,
    Azur que rien ne voile !

Tu connais ces secrets ignorés des mortels,
    Tu peux donc me les dire.
Tu parles avec Dieu dans l'encens des autels,
    Dans le vent qui soupire.

. . . .

Si le sort veut qu'un jour tu rencontres ces vers,
    Ange, daigne les lire !
Sache que pour chanter tes mérites divers
    Il faut mieux qu'une lyre ! ..

L'intéressante jeune fille à qui ces vers ont été dédiés n'a jamais eu l'occasion de les lire. Elle venait de quitter les classes, à peine âgée de dix-sept printemps. Elle était, comme on doit bien le penser, l'orgueil de sa famille. Mais, hélas! les âmes pures ne sont pas faites pour rester longtemps sur cette terre. Elles y viennent, jettent sur le monde un coup d'œil d'attendrissement et disparaissent ensuite avec la rapidité de l'éclair. Tel a été le sort de cette chaste enfant. Elle était belle de fraîcheur et de simplicité, lorsque, tombant malade, elle fut emportée en moins de huit jours par une de ces fièvres malignes qui déroutent encore les efforts de la science.

Sa mort a été généralement pleurée.

Au moment du suprême adieu, je m'avançai vers son froid cercueil, et, d'une voix émue, au milieu d'un silence religieux, je prononçai les paroles suivantes :

> « *In cœlestibus regnis sanctorum habitatio est, et in œternun requies eorum.* »

« MESDAMES ET MESSIEURS,

« Quoi de plus triste que de voir s'envoler pour l'éternité une vierge de dix-sept ans, riche d'avenir, en qui la société entière fondait les plus légitimes espérances !

« Quelles douleurs plus poignantes pour un père qui, après avoir concentré toute son affection sur une fille tendrement aimée, voit soudain la tombe s'ouvrir et se fermer sur elle, hélas ! pour toujours !...

« O Mort, cruelle Mort, pourquoi te moques-tu toujours des desseins des hommes? Es-tu sans cœur? Quand donc nos pleurs toucheront-ils ton inflexibilité? Dis, pourquoi frappes-tu le vieillard courbé sous le poids des années avec la même indifférence que tu soulèves le rideau de la jeune fille, qui se couronne de fleurs et se nourrit de délicieuses rêveries?... Pourquoi faut-il que tu moissonnes sitôt tant de nobles vertus et de rare intelligence, lorsque

tu passes bien loin de l'exilé qui soupire amèrement sous un ciel
infortuné, bien loin du prisonnier que le soleil a cessé d'éclairer,
bien loin, enfin, du malheureux qui traîne ses jours sur le pavé de
la misère?... Te fais-tu donc un véritable plaisir de nous faire entendre sans cesse le glas funèbre d'une mère, d'un père, d'un
époux?...

« Aujourd'hui, messieurs, nous arrosons de nos pleurs le cercueil d'une amie ; demain, ce sera pour celui qui vous parle ; demain, ce sera pour vous qui m'écoutez.... En présence de ce douloureux spectacle, empressons-nous donc de méditer sur la fragilité
de la nature humaine; hâtons-nous de reconnaître que cette terre
est un pèlerinage où nous venons étudier les dogmes sacrés de la
vérité ; une école, une lice où nous venons combattre pour le prix
de la vertu. Employons donc à faire le bien les quelques heures
qui nous restent à vivre, afin qu'en traversant ce monde nous lais-
sions au moins un souvenir agréable dans les cœurs de ceux qui
nous ont connus !

« Ai-je besoin de vous esquisser ici les brillantes qualités qui
distinguèrent feue M. P. D. A.? Elle peut être comparée à un de
ces radieux météores qui brillent pour disparaître en naissant ; à
une de ces rares figures qui venaient de loin en loin, dans les
temps antiques, démontrer toute la puissance de la vertu et tous
les charmes qu'on peut en retirer. Douée des plus heureuses dispositions, elle avait le cœur sensible, l'âme belle et grande. Elle
faisait de la modestie sa véritable parure, et de la candeur, une
loi. Sa voix était douce, ses paroles simples et faciles. Quoique
son âge fût celui des danses, des ris et des plaisirs, et son sexe,
celui qui se laisse agréablement bercer par les généreuses promesses d'un avenir que l'espérance montre au loin encadré de
bonheur et d'étoiles, la jeune vierge, comme si elle avait un pres-
sentiment de sa courte existence, était toujours rêveuse, toujours
pensive : elle n'avait un cœur que pour conserver le souvenir de
son infortunée mère qu'elle avait à peine connue ; qu'un soupir
pour exprimer ses regrets.... Elle aimait le beau, le sublime, l'infini ; elle aimait l'étude et adorait les Muses ; elle consacrait sa
souple intelligence à la contemplation des beautés idéales, et son
imagination, jeune abeille aux ailes infatigables, lui représentait
la Poésie sous les plus séduisantes couleurs. Ses doigts délicats
savaient reproduire sur le papier ces traits archangéliques, ces
types de beautés que rêvait jadis Michel-Ange ; elle avait le goût
de la musique et de la calligraphie ; en un mot, elle possédait tout

ce qui pouvait, avec le temps et le travail, lui assurer les hommages de l'admiration. Tous ces éloges seraient incomplets si j'oubliais de faire ressortir ici l'épanchement de son âme pour la religion, son amour pour son malheureux père et son attachement pour ses amies....

« O vierge aimable ! en t'offrant pour modèle à celles que tu laisses pour te pleurer, nous ne faisons qu'apprécier à leur juste valeur les brillantes et solides vertus qui couronnaient ton cœur, foyer d'amour et d'innocence ! Va, jeune colombe aux chastes regards, va mêler ta voix aux accords de la harpe sonore qui célèbre la puissance du Roi des Rois ! Va, monte au ciel, ta véritable patrie, Intelligence, Sagesse, Jeunesse !... Va donc, ange aux ailes parfumées, va vivre de l'éternité, et là, dégagée de toutes idées terrestres, prie pour nous, prie pour ton père, prie pour Haïti !

« Adieu !!!... »

Un modeste monument, entouré de *belles de nuit* et de thym sauvage, dans le cimetière de Miragoâne, marque la place où reposent les restes de cette adorable enfant.

Qu'elle soit heureuse là-haut !

Miragoâne, juillet 1865.

SOUVENIR DU POÈTE

Quand je prête l'oreille à la brise du soir,
Dont la voix est un chant, et l'aile un encensoir,
Puis-je, sans être ingrat, t'oublier, ô ma brune !...
Oh ! non, je me souviens de ces trop courts instants,
Où ta main dans ma main, gais, joyeux et contents,
      Nous chantions la fortune !

Sur les flots azurés, je me souviens qu'un soir,
Nous étions tous les deux pleins d'amour et d'espoir.
Notre léger canot, comme un oiseau volage,
Cinglait rapidement vers l'horizon lointain.
Tu contemplais ces flots et tu cherchais en vain
      Le toit et le rivage.

« Nous faut-il d'autre toit quand le ciel est à nous ? »
Te disais-je avec joie, assis à tes genoux.
« Est-il rien de plus beau que ce ciel si limpide,
« Que ces étoiles d'or qui nous jettent leurs feux ?... »
La brise, en ce moment, écoutant nos aveux,
      Baisait ton front candide.

Nous voyions tour à tour passer devant nos yeux
Le *phare*, blanc fantôme au port audacieux (1) ;
Mariani rêvant au milieu de ses cannes (2),
Comme une jeune amante en proie à des sanglots ;
Et plus loin, Bizoton, assis auprès des flots (3),
      Admirant ses cabanes.

. . . .

. . . .

Oh ! combien était grand ce bonheur d'autrefois !
Sincère était ton cœur et douce était ta voix.
Le ciel, à notre amour, semblait être propice ;
Mais maintenant, hélas ! tout est dit entre nous ;
Le temps, pour se moquer de nos projets si doux,
      Nous condamne au supplice.

Le bonheur, vois-tu bien, c'est l'onde qui s'enfuit,
C'est l'éclair qui flamboie un moment dans la nuit,
C'est le papillon d'or qui jamais ne se pose....
Rien ne dure ici-bas ; c'est le commun destin :
Tel se fane le soir qui brillait le matin
      De l'éclat de la rose.

    (1875)

COMMENTAIRE

(1) Si une tour, élevée sur un banc de sable, au milieu de la mer, sans fanal, sans clarté, rendez-vous des chauves-souris, et plus propre, par conséquent, à effrayer la nuit qu'à montrer la route aux vaisseaux qui cherchent le port, peut être appelée *phare*, nous pouvons dire que nous avons un phare à Port-au-Prince. Il se dresse non loin de Mariani, vers la pointe de Lamentin.

(2) Voir la pièce intitulée : *Aux enfants de Mariani.*

(3) Bizoton est le nom d'un des villages des environs du Port-au-Prince, situé sur la route qui conduit à Léogane. C'est un des lieux les plus fréquentés, à cause de la fraîcheur qu'on trouve à l'ombre de ses manguiers touffus, de ses cafiers odorants, de ses bambous, de ses orangers et de ses citronniers. Ses ruisseaux aux méandres capricieux, ses mille cascades grondant dans le lointain comme un tonnerre prolongé, invitent tous les dimanches les gens de la ville à de joyeux *barbacos.* Bizoton ! Bizoton ! que de doux souvenirs tu me laisses !...

A l'ombre de ses beaux arbres, dont les branches parfumées sont constamment agitées par une brise légère, on passe des heures délicieuses, si l'on sait contempler les œuvres de la nature et se perdre dans l'infini sur les ailes de l'imagination.

A M. CHAMBEAU DÉBROSSE (1)

> « Laissez-nous donc tout confondre :
> amour, religion, génie, le soleil et les
> parfums, la musique et la poésie. »
>
> (Mᵐᵉ DE STAEL, *Corinne.*)

I

Poète, aux doux accents que donne le génie,
Tu m'as plongé le cœur dans des flots d'harmonie !
Comme l'enfant qu'endort le doux parfum des fleurs,
Ta Muse, de son aile, innocente et légère,
A répandu sur moi ce que le pauvre espère,
    Le soir, au milieu de ses pleurs !

Oui, j'ai toujours aimé, car aimer c'est la vie,
A dit le grand poète en son âme ravie.
Aimer, toujours aimer, c'est un besoin du cœur,
C'est un élan vers Dieu, c'est le seul héritage
Qui nous reste en ce monde, après le grand partage
    De la joie et de la douleur !...

Jette un moment les yeux vers la voûte céleste,
Que l'artiste comprend, que le méchant déteste ;

---

(1) Voir à la fin de ce volume la poésie de M. C. Débrosse, à laquelle répond ici l'auteur.

Et dis, poète, ô toi qui sais tout parfumer !
Si ces globes de feu qui roulent dans l'espace,
Si ce brillant azur devant qui tout s'efface,
    Ne te commandent pas d'aimer ?...

Regarde cette vierge adorable et chérie,
Qui va s'agenouiller à l'autel de Marie !
Elle s'y rend toujours, le matin et le soir.
Dis, peux-tu refuser, de peur qu'elle ne tombe,
Un regard bienveillant à cet ange, colombe
    Dont l'aile est un doux encensoir ?...

Poète, vois ici des enfants dans la plaine,
Qui cueillent des parfums quand leur âme en est pleine,
Et qui dansent joyeux sur le gazon du jour !
N'es-tu pas enchanté de leur tendre innocence ?
Et peux-tu t'empêcher, quand le ciel les encense,
    De les couvrir de ton amour ?

Quand le printemps revient pour charmer la nature ;
Quand des grappes de fruits, brillant sous la verdure,
Appellent au festin les papillons dorés ;
Quand les lilas en fleurs entr'ouvent leurs calices ;
Quand la brise des nuits, si pleine de délices,
    Répand la fraîcheur dans les prés,

N'entends-tu pas sortir de l'humble solitude
De chants doux et sacrés un ravissant prélude ?
C'est l'hymne de la nuit inspiré par l'amour,
C'est le concert divin de la reconnaissance,
C'est l'encens de la terre offert par l'innocence,
    Contemplant l'éternel séjour....

Que l'amour soit le dieu qui partout nous inspire
Et nous fasse trouver des accords pour la lyre !
L'Eternel nous a faits pour chanter, pour rimer,
Comme il a fait l'oiseau pour voler au bocage.
Mais, songeons avant tout dans ce monde d'orage
      Qu'il n'est rien de plus doux qu'aimer !

II

Si nous voyons parfois sur la place publique
Se dresser des autels au pouvoir despotique,
Comme on le fit jadis en mémoire des dieux ;
Pour de si noirs forfaits que frappe la vengeance
Nous prêcherons la paix, l'union, l'indulgence
      Et nous regarderons les cieux !

Si Rome ne dit rien quand, couvert de son crime,
Le méchant, sans trembler, déchire sa victime ;
Si des Verrès encore, sans honte et sans pudeur,
De leur passé honteux font le risible éloge,
Nous nous consolerons, attendant que l'horloge
      Sonne la fin de leur grandeur ! ! !

Si nous voyons enfin la vertu méprisée
Au point d'être livrée, hélas ! à la risée ;
Si nous voyons le vice et l'impudicité
Au faîte des grandeurs triompher dans la lutte,
En attendant venir leur redoutable chute,
      Nous chanterons la liberté ! ! !

Poëte, aux doux accents que donne le génie,
Tu m'as plongé le cœur dans des flots d'harmonie !
Comme l'enfant qu'endort le doux parfum des fleurs,
Ta Muse, de son aile, innocente et légère,
A répandu sur moi ce que le pauvre espère,
    Le soir, au milieu de ses pleurs !

    27 août 1871.

LA PRIÈRE DU POÈTE

A MONSIEUR LE DOCTEUR J.-B. DEHOUX

> « Aimer, prier, chanter, voilà toute la
> vie », a dit un grand poète. Moi, j'ai
> aimé et j'aime encore; je chante quel-
> quefois; et maintenant que mon cœur
> est pénétré d'admiration et de recon-
> naissance, laissez-moi prier, laissez-moi
> prier !!!

Eternel, Dieu puissant, Architecte du monde,
Toi qui créas les cieux, et le soleil et l'onde,
Et les oiseaux de l'air et les perles des champs,
Et les longs épis d'or aux reflets si touchants !
Toi qui contiens les flots de l'Océan terrible,
Qui lances les éclairs et la foudre invincible,
Honneur et gloire à toi jusqu'au plus haut des cieux,
Maintenant et toujours, sur la terre, en tous lieux !!!

L'Univers, ô Seigneur, célèbre ta puissance !
Les cieux chantent ta gloire et ta magnificence !
Le soleil, à tes pieds, n'est qu'un point bien obscur,
Un flambeau que tu mets pour éclairer l'azur !...

Tous ces globes de feu qui roulent dans l'espace
Sont de ton alphabet l'éternelle préface!
Ton regard, d'un seul coup, saisit l'immensité,
Et chaque jour qui fuit atteste ta bonté!!!

    N'est-ce pas toi que l'oiseau chante
    Dans ses concerts mélodieux,
    Quand l'Aurore, belle et touchante,
    Vient ouvrir la porte des cieux?
    N'est-ce pas ton nom que murmure
    Le ruisseau, quand le vent du soir,
    Enlevant aux fleurs leur parure,
    Fait de son aile un encensoir?
    Que dit l'abeille qui bourdonne?
    Que dit l'insecte qui fredonne?
    Et que dit l'enfant qui rayonne
    D'innocence sans le savoir?

    Que dit la foudre qui menace?
    Que dit l'éclair qui brille au ciel?
    Que dit l'aquilon qui fracasse?
    Que dit la voix du saint autel?
    Tout ici-bas chante ta gloire,
    Seigneur, dans une hymne sans fin!
    Nos cœurs sont un vaste oratoire
    Où nous prions soir et matin!
    Oh! sois-nous donc toujours propice;
    Eloigne-nous du précipice,
    Où le méchant, par sa malice,
    Veut nous percer d'un trait malin!!

Donne à la jeune fille où l'on voit l'innocence,
Un cœur aimant et pur qui chante ta puissance ;
Donne-lui la vertu, la beauté, la candeur,
Comme aux perles des champs tu donnes la fraîcheur !
Donne à l'enfant mignon qui respecte sa mère
Des jours d'or et de soie, un avenir prospère...
Donne au pauvre souffrant du pain pour se nourrir,
Afin que de misère il n'aille pas mourir !...

Donne au printemps des fleurs, au ciel bleu des étoiles,
A l'automne des fruits, à l'Océan des voiles !
Donne au captif l'espoir, à l'exilé des chants,
La paix au bon chrétien, le remords aux méchants.
Donne un regard de père à la veuve éplorée,
Qui paraît devant toi pleurant, défigurée !
Donne au poète enfin, dont la lyre est sans voix,
De ces chants qui le font applaudir quelquefois !

Grand Dieu ! tu sais que le poète
Ne sait qu'aimer, chanter, prier,
Et que sa lyre ne répète
Que ce que l'on doit publier !
Il aime les vertes prairies,
Où sa muse, parmi les fleurs,
Peut se nourrir de rêveries,
De souvenirs ou de doux pleurs !
Exempt de toute ignominie,
Son cœur, doux foyer d'harmonie,
Contient une larme bénie
Pour les revers et les malheurs...

Protège en tous lieux l'innocence,
Qui n'a que ton bras pour soutien !
Fais que ta divine puissance
La conduise toujours au bien !
Fais que la vertu sur la terre
Trouve son auréole d'or,
Et que la paix du solitaire
Soit à jamais son seul trésor !
Donne un regard à l'infortune,
Pour que, dans la douleur commune,
Elle n'offense et n'importune
Jamais celui qui souffre encor ! ! !

Fais tomber sur tous ceux que fréquentent ton temple,
Ton regard paternel, que le sage contemple !
Remplis toujours leurs cœurs de l'amour des vertus,
Pour qu'ils ne soient jamais par le vice abattus !
Fais, ô Père des cieux, qu'ils puisent la sagesse
Dans ce Livre profond où l'on te voit sans cesse,
Et que le soin d'aider la veuve et l'orphelin,
Soit pour eux un devoir agréable et sans fin.

Donne, donne Seigneur, une palme étoilée
Au chrétien bienfaisant dont l'âme est dévoilée ;
A celui qui nourrit les cœurs dans la raison,
Et qui dessert l'autel de la Sainte Maison...
Que ton nom, ô Seigneur ! répété par les anges,
Devenu le sujet des plus saintes louanges,
Soit un jour le mot d'ordre, auguste et généreux
Qui nous donne une place au séjour des heureux ! ! !

COMMENTAIRE

Cette poésie est un cri d'amour, un chant de reconnaissance ;
c'est la prière du poète. L'homme qui contemple jouit de toute
la plénitude de son être. La contemplation amène l'amour, et
l'amour amène la prière. L'homme qui prie, c'est-à-dire qui
adore, qui chante, et qui encense, est agréable au Seigneur. Dieu
veut être aimé parce que Dieu est amour. Celui qui prie est digne
de respect et de vénération. L'enfant qui baise le pavé du temple,
la jeune vierge qui se prosterne religieusement au pied du saint
autel, le vieillard qui dit: « Seigneur, Seigneur, j'ai péché et je
m'en repens », tous sont beaux dans ce moment suprême, où ils
s'humilient dans la poussière devant la Majesté du Maître des
mondes.

PLAINTES D'UN EXILÉ

A MONSIEUR LE GÉNÉRAL MARCELLUS ADAM

ET

A MONSIEUR ÉDOUARD PINCKOMBE, DÉPUTÉ

« Nescio quâ natale solum dulcedine cunctos
« Ducit, et immemores non sinit esse sui (1). »

I

« Tandis que tout ici s'abandonne à la
« Que sur des fronts heureux le bonheur se déploie
« Comme un vif arc-en-ciel, dans un beau jour d'été;
« Tandis que des concerts, par leurs flots d'harmonie,
« Font couler la gaîté et chassent l'insomnie
      « Moi, je pleure la liberté.....

(1) La terre natale a je ne sais quel charme qui nous attire à elle et
ne nous permet pas de l'oublier.

« Je pleure mon pays, je pleure ma patrie,

« Je pleure mon ciel bleu, ma compagne chérie.....

« Oh ! combien est amer le pain de l'exilé !

« Oh ! combien sont affreux les tourments qu'il endure !!!

« Tout ne jette en son cœur, dans l'immense nature,

          « Qu'un souvenir de deuil voilé.

« Les oiseaux sont heureux ; leur palais, c'est l'espace ;

« De leurs nids chauds d'amour, il n'est rien qui les chasse.

« Le cheval court joyeux dans le champ qu'il décrit ;

« Le papillon se perd dans la plaine embaumée ;

« Tout goûte le plaisir, l'amour, la renommée ;

          « Tout... tout... excepté le proscrit.

« Mon cœur est un sépulcre où veille la tristesse,

« Un immense foyer éteint par la détresse,

« Un tombeau sans silence, un phare sans clarté.....

« Chaque jour qui paraît m'apporte l'espérance,

« Chaque jour qui s'enfuit augmente ma souffrance,

          « Sous le joug de l'adversité !!!...

« Heureux le mortel qui, sur la terre étrangère,

« N'a jamais promené sa honte et sa misère !

« Heureux le citoyen qui n'a point enduré

« Les tourments de l'exil ! *Oui, l'exil est impie* (1),

« L'exil est un calvaire où souvent l'homme expie

          « Un crime autrefois vénéré !!!...

(1) « Oh ! n'exilons personne ! Oh ! l'exil est impie ! » (Victor **Hugo**, « Napoléon II, *Chants du Crépuscule.* »

« Le pauvre, en souriant, avale son calice,
« Car il y voit au fond un terme à son supplice.
« Il sait que des amis lui fermeront les yeux,
« Et qu'il pourra dormir au milieu de ses pères ;
« Mais le proscrit, hélas! dans ses douleurs amères
      « N'a pour tout témoin que les cieux!!!...

« Le proscrit!... il attend, il gémit, il soupire,
« Il rêve nuit et jour ce que la crainte inspire ;
« Il ne sourit jamais, mais il chante parfois.....
« Il chante pour tromper le sort triste et funeste,
« Qui le poursuit, hélas ! comme un infâme Oreste,
      « Maudit par les temps et les lois !...

« Celui dont le poignard s'est illustré de crimes
« Peut trouver des autels au milieu des victimes,
« Et des nymphes en pleurs pour orner son tombeau !
« Mais l'exilé, maudit, n'a pas même une pierre,
« Où le passant un jour, touché par la prière,
      « Puisse jeter un seul rameau !!!...

. . . .
. . . .
. . . .

« Quand donc te reverrai-je, ô ma douce patrie,
« Belle fille des flots, Haïti, ma chérie,
« Toi, dont le souvenir entretient l'exilé...
« Quand on quitte tes bords on t'aime davantage !
« On se souvient de toi comme, hélas ! de Carthage,
      « Autrefois au front étoilé.....

« Quand donc te reverrai-je, aimable en ta parure,
« Avec tes frais manguiers d'éternelle verdure ?
« Quand pourrai-je m'asseoir au pied de tes bambous,
« Que balance sans fin la brise harmonieuse ?...
« Quand donc pourrai-je aller, ô Vierge précieuse !
    « Respirer ton parfum si doux !... »

II

Ainsi parlait un jour, les yeux vers le rivage,
Un homme, dont les pleurs inondaient son visage.
Sur un rocher assis, le front pâle et rêveur,
Le malheureux priait sans cesse avec ferveur...

Il faisait là des vœux pour sa tendre patrie,
Quand il vit d'un vaisseau, sur la mer en furie,
Le drapeau bicolore..... Il se lève soudain
Et se croit transporté dans un nouvel Eden.

Au port arrive enfin le vaisseau d'espérance,
Qui remet au proscrit un doux pli de clémence.
« Seigneur ! Seigneur ! dit-il, en regardant le ciel,
« Oui, toi seul peux changer toute amertune en miel. »

III

Lecteur, en ton âme attendrie,
Garde bien cette vérité :
Rien n'est plus doux que la patrie,
Ni plus grand que la liberté !

27 février 1877.

COMMENTAIRE

L'amour de la patrie est le plus noble sentiment du cœur de l'homme; c'est lui qui inspire les plus beaux actes de courage, d'héroïsme et de dévouement ; c'est lui qui a fait la valeur et la gloire des peuples de l'antiquité et qui jette aujourd'hui un éclat si radieux sur les peuples modernes. Sans l'amour de la patrie, Rome n'aurait pas eu Curtius, Fabius, Décius; la Grèce n'aurait pas eu Codrus, Miltiade, Léonidas, Périclès, Phocion; Haïti n'aurait pas eu Ogé, Chavannes, Capois, Dessalines et Pétion; et l'humanité enfin n'aurait pas eu à enregistrer ces beaux traits de vertu et de courage qui resteront d'éternels exemples pour les générations à venir.

Aimer le sol où l'on a reçu le jour, où l'on a jeté les premiers cris, où l'on aime, où l'on a souffert, est un sentiment naturel au cœur de l'homme! Dieu l'a ainsi voulu.

« C'est lorsque nous sommes éloignés de notre pays, dit Chateaubriand, que nous sentons surtout l'instinct qui nous y attache. A défaut de réalité, on cherche à se repaître de songes; le cœur est expert en tromperies ; quiconque a été nourri au sein de la femme a bu à la coupe des illusions. Tantôt c'est une cabane qu'on aura disposée comme le toit paternel ; tantôt c'est un bois, un vallon, un coteau, à qui l'on fera porter quelques-unes de ces douces appellations de la patrie. Andromaque donne le nom de Simoïs à un ruisseau. Et quelle touchante vérité dans ce petit ruisseau qui retrace un grand fleuve de la terre natale ! Loin des bords qui nous ont vus naître, la nature est comme diminuée, et ne nous paraît plus que l'ombre de celle que nous avons perdue. »

— « Tant que les Juifs, dit Bossuet, demeurèrent dans un pays étranger et si éloigné de leur patrie, ils ne cessèrent de pleurer, et d'enfler, pour ainsi parler, de leurs larmes, les fleuves de Babylone, en se souvenant de Sion. Leurs instruments de musique, autrefois leur consolation et leur joie, demeuraient suspendus aux saules plantés sur la rive, et ils en avaient perdu l'usage. »

Ovide, célèbre poète latin, qui vécut dans l'intimité de Virgile, de Tibulle, de Properce et d'Horace, ne cessait de se plaindre de la tristesse de son exil.

Victor Hugo, « le dernier des trois grands hommes placés depuis 1830 à la tête de la littérature française, » s'écria dans l'exil : « Oh ! une plainte, un mot contre toi, France ! non, non. On n'a jamais plus de patrie dans le cœur que lorsqu'on est saisi par l'exil. »

Dans ses *Théoriciens au Pouvoir,* D. Delorme, parlant du retour dans sa patrie de Cicéron, qui avait été exilé, dit : « L'exilé revit la patrie. Bonheur indicible et qu'on ne peut comprendre que lorsqu'on l'a soi-même éprouvé en sa vie ! Avoir été longtemps violemment éloigné de son pays, et puis revenir un jour sur cette terre aimée, où l'on a ouvert les yeux à la lumière, revoir ce ciel sous lequel se sont écoulées les premières années et les meilleures, reconnaître ces lieux, témoins de son enfance, qui rappellent mille vagues souvenirs des premiers jours et des temps heureux, retrouver ceux qu'on aime et qu'on regrettait, c'est là quelque chose de si touchant, de si doux, de si complet, qu'il faut renoncer à le dépeindre ! »

Un de nos jeunes diplomates a dit quelque part : « Après tout, j'aime autant mon glorieux rocher de Miragoàne que les salles somptueuses de Buckingham-Palace, de l'Elysée ou de l'Escurial, et je donnerais sans hésiter tous les marronniers séculaires de Hampton-Court ou les allées sans fin de Chiswick pour les bambous et les palmiers de la plaine des Cayes. »

O vous qui lisez ces lignes, aimez donc votre patrie, chérissez la, honorez-la de tout votre cœur ! Et si jamais, ce qu'à Dieu ne plaise, le sort funeste vous condamnait à suivre le chemin de l'exil, imitez la conduite de Thémistocle, mais jamais celle de Coriolan et de Pansanias, et dites avec les anciens Juifs : « O Jérusalem ! Jérusalem ! si jamais nous pouvons t'oublier, puissions-nous nous oublier nous-mêmes ! »

LA LIBERTÉ OUTRAGÉE

A M. ALEXANDRE LAVAUD,

ancien substitut du commissaire du gouvernement près le Tribunal
civil de Port-au-Prince.

Où sont-ils ces tyrans, ces noirs faucheurs de têtes,
Qui n'ont jamais compris l'amour, la charité ?
Ah ! je viens mettre un terme à leurs sanglantes fêtes :
    Je suis la Liberté !

J'ai souffert trop longtemps des maux de l'injustice.
Je veux anéantir le règne du plus fort,
Et prouver que les grands n'ont qu'un pouvoir factice,
    Qu'on brise sans effort.

Mais de quel droit, parlez, ô têtes couronnées !
Livrez-vous ces martyrs à des douleurs sans fin,
Et flétrissez ainsi leurs plus belles années ?
    — De par le droit divin !

Du droit divin, cruels ? Et vous osez le dire ?....
C'est une offense à tous, c'est un outrage à Dieu.
L'homme, fier de ses droits, ne peut que vous maudire,
    Vous maudire en tout lieu !....

Egalité pour tous !.... Il n'est d'autre noblesse
Que celle du talent orné par la vertu.
Et que me fait le Vice, ignoble de faiblesse,
    De pourpre revêtu ?

Regardez les oiseaux : ils ont pour champ l'espace !
Et l'homme serait né pour traîner des boulets ?....
Non ! tout dit que les rois, que partout on menace,
    Sont plutôt des valets !

A ma voix, levez-vous, ô généreuse France,
Et jetez le mépris à la tête des rois !....
De vos fils indignés apaisez la souffrance
    En proclamant leurs droits.

Que l'Europe étonnée imite votre exemple,
Et dise aux oppresseurs sur leurs trônes épars,
Qu'une femme, un soldat, que l'Univers contemple,
    Veille sur vos remparts !

Avec ma lance d'or, au nom de la justice,
Brisez les écussons comme l'on brise un œuf !
Chacun de mes assauts dont la gloire est complice,
    A nom : *Quatre-vingt-neuf!*

Brisez, brisez vos fers, ô malheureux esclaves!
Que le fouet d'un vil maître a trop souvent frappés.

Tes enfants, Haïti, reconnus pour des braves,
    Se sont émancipés !

Tremblez, vils oppresseurs ! Un fer rouge, une étuve
Attendent le méchant, le César criminel.
Tremblez, vils courtisans ! mon cœur est un Vésuve,
    Mon règne est éternel !

Entendez-vous ce bruit, pareil au bruit d'orage,
Qui gronde furieux sur le vaste Océan ?
C'est le cri des martyrs, qui sort brûlant de rage
    Comme d'un noir volcan !

Qui peut me résister ? Je viens comme la foudre,
Et renverse du pied les trônes vermoulus.
Les tyrans ! Que faut-il pour les réduire en poudre ?
    Je parle.... ils ne sont plus !

Relevez-vous, sujets ! relevez-vous sublimes,
Car l'heure solennelle a sonné pour vous tous !
Dites à vos bourreaux, illustrés par les crimes :
    « Potentats, à genoux !

« Nous sommes fatigués de vivre dans l'enfance.
« Nous pourrions vous punir de tous vos noirs forfaits....
« Mais nous sommes de ceux qui punissent l'offense
    « Par les plus grands bienfaits. »

Peuples, les rois s'en vont ; je suis seule immortelle !
Essuyez vos longs pleurs, n'ayez plus de regrets !
Que pour vous rendre heureux l'Egalité s'attelle
    Au char du Progrès !

Peuples, embrassez-vous ; frappez la tyrannie ;
Et la voyant mourir, criez avec fierté :
Vivent, vivent la paix, l'union, l'harmonie
          Et la fraternité ! !!....

1879.

                    COMMENTAIRE

Aimons la liberté !!!...

LES DERNIERS ACCENTS D'UN POÈTE

ou

Souvenir de *L'ODE AU PALMIER*, de F. Duplessis

Viens, viens vite, ô ma Muse, apporte-moi ta lyre !
La mort, dans un moment, va finir mon délire.
Mais avant que je sois, hélas ! anéanti,
J'en veux tirer des sons pour ma chère Haïti.

Haïti, sol chéri, conquête de nos pères,
A mes frères, tes fils, des jours longs et prospères !
Que l'étranger s'écrie en voyant ta cité :
       Salut, terre de liberté !

Que de ton ciel heureux la puissante harmonie.
Avec l'ordre et la paix. ne soit jamais bannie ;
Et que par le travail, grandissant en beauté,
       Tu couronnes a liberté

Si l'étranger, ravi de ta magnificence,
Voulait penser un jour à te faire une offense.
Lève-toi, menaçante, et dis avec fierté :
       « La mort ou bien la liberté ! »

Si quelqu'un contestait tes beaux titres de gloire
Et semblait oublier tes lauriers de victoire,
Montre-lui de ton doigt, rayonnant de clarté,
        Le palmier de la liberté!

Que l'Espagne triomphe ou que Cuba succombe,
Souviens-toi que la gloire est belle dans la tombe!
Pour tout peuple vaincu, sois avec majesté
        Le phare de la liberté!

Muse, Muse, reprends, reprends vite ta lyre!
La mort, en me glaçant, a fini mon délire.
Mais je m'en vais joyeux d'avoir encor chanté
        Mon pays et la liberté!

(Dimanche, 29 août 1875, 2 heures du matin.)

COMMENTAIRE

C'est une douce chose que la Patrie, c'est une grande chose que la Liberté. Liberté et Patrie ne sont qu'un, puisqu'il n'y a pas de liberté sans patrie et de patrie sans liberté. Chaque fois, lecteur, que vous prononcerez ces mots magiques, ces mots qui inspirent tout ce qu'il y a de plus beau et de plus sublime, ces mots qui font couler les larmes de l'exilé en lui rappelant les tendres souvenirs de son sol natal, de sa famille et de ses amis; chaque fois que vous prononcerez ces mots, songez aux héros de votre Indépendance, qui n'ont reculé devant aucun sacrifice pour vous léguer cette terre de liberté. Bénissez leur mémoire et apprenez à vos enfants à admirer leurs vertus et à imiter leur conduite!...

Je crois devoir dire ici comment cette petite pièce a vu le jour. C'était un dimanche soir. Ce jour, je ne pouvais dormir, tant était forte la chaleur. Le ciel était radieux avec ses myriades d'étoiles. Tout était majestueux à cette heure solennelle; mais nul vent, nulle brise, de son haleine parfumée, ne venait caresser les branches des *tcha-tcha* et des palmiers, en apportant un peu de fraîcheur. Ennuyé de cet état qui, depuis bientôt deux heures, me faisait penser vaguement à mille choses, je résolus de me lever et d'essayer de me mettre au travail. J'avais tout le nécessaire pour écrire; mais aucun sujet ne s'offrait à ma pensée. Comme le musicien qui se met devant son instrument et qui en touche le clavier sans l'idée arrêtée du morceau qu'il va exécuter, je pris la plume et me mis à rêver. Le silence de la nuit, comme on sait, favorise toujours la Muse et lui apporte souvent l'inspiration. Après quelques minutes de réflexion, je m'arrêtai à ce sujet : *Les derniers accents d'un poète*. Je me mis donc à l'œuvre et, à deux heures du matin, je trouvai les derniers mots de la dernière strophe : *Mon pays et la liberté*. Sans doute, ces vers ne sont pas à l'abri de toute critique, mais le sentiment qui les a inspirés parlera, j'espère, en leur faveur.

POMPÉI

A MM. PAUL LOCHARD ET J. CATTS PRESSOIR

I

Le temps était serein. Nul vent ne troublait l'onde.
Le soleil en riant se levait sur le monde,
Et répandait partout des torrents de clarté.
Le ciel était paré de quelques beaux nuages,
Tels que ceux que l'on voit après les grands orages
      Au matin des longs jours d'été.

Tout chantait le bonheur dans la fraîche nature :
Les oiseaux dans les bois couronnés de verdure,
Et les ruisseaux cachés sous l'aubépine en pleurs
La brise avec amour, dans la verte charmille,
Rimait, en tournoyant, son éternelle idylle,
      Sous les regards aimés des fleurs.

De jolis papillons, épris et hors d'haleine,
Se perdaient par essaims dans la riante plaine,
Enivrés des parfums du muguet le plus pur.
Comme des cygnes blancs ou de blanches étoiles,
On voyait sur la mer quelques lointaines voiles,
      Filer sur le miroir d'azur.

Dans les palais des grands, une douce musique
Réveillait dans les sens une ardeur frénétique ;
Dans des coupes d'argent, le vin coulait à flots.
Sur des tables d'ébène on voyait des essences,
Des vases ciselés, pleins de magnificences ;
    Partout des fleurs et des tableaux.

    Aux pieds de viles statuettes,
    A l'air malin et souriant,
    Brûlaient dans mille cassolettes
    Les vrais parfums de l'Orient.
    Des figures rondes, élargies,
    Par le vieux Falerne rougies,
    Chantaient les refrains des orgies
    Dans les plus doux enivrements.
    Des déesses aux seins nus, belles
    De la beauté des immortelles,
    Bien loin de se montrer rebelles,
    Se livraient sans gêne aux amants.

    Et d'autres, vivantes étoiles,
    Toutes fières de leur rondeur,
    Passaient, sans manteaux et sans voiles,
    Devant l'autel de la Pudeur.
    La flamme était dans leur sourire ;
    Dans leurs yeux, où l'amour respire,
    Ce qu'on ne peut jamais décrire
    Sans les astres d'or du ciel bleu.
    Contemplant leur beauté divine,
    L'amour, avec transport, devine
    Ce que de volupté rumine
    Le cœur de ces houris de feu.

Dans un large divan de velours et de soie,
Le maître, fatigué de bonheur et de joie,
Se laissait endormir par des rêves d'amour.
A sa tête, à ses pieds, des nymphes couronnées
Lui versaient les parfums de toutes les années,
        Sans trève, et la nuit et le jour.

Des esclaves, — Vénus à la figure noire, —
Étaient pour le veiller et lui donner à boire
Le breuvage brûlant aux effets incertains.
D'autres, en plus grand nombre, innocentes captives,
Étaient pour exciter, par des danses lascives,
        Ses désirs à jamais éteints.

Sur des tapis de fleurs des femmes magnifiques,
Étalant leurs trésors en Laïs impudiques,
Demandaient aux passants, pour leur fièvre, un baiser....
O Pompéi, cité de la polygamie !
O Pompéi, superbe égout de l'infamie,
        Un mot de Dieu peut te briser !

Des enfants frais et blonds, pleins de feu, de lumière,
Dansaient innocemment au bord de la rivière,
Sur la verte pelouse, en se donnant la main.
Ils riaient, ils chantaient les plaisirs de leur âge,
Plaisirs que jusqu'ici n'a point troublés l'orage
        Ni les rêves du lendemain.

        Chantez, chantez, chère innocence,
        Jeunes enfants au cœur si pur,
        Car de ce ciel qui vous encense
        Vous avez dans les yeux l'azur !

Chantez votre verte jeunesse,
Chantez la joie et l'allégresse,
Chantez l'amour, chantez sans cesse,
Car le bonheur est un éclair.
Aujourd'hui votre astre rayonne,
Demain adieu fleurs et couronne,
Que le malheur froisse et chiffonne ;
Demain pour vous viendra l'hiver.

Chantez le printemps de la vie,
Enfants, image de l'amour !
Que tout à votre âme ravie
Procure un plaisir sans retour !
Chantez les doux feux de l'aurore,
Les épis que le soleil dore,
Les oiseaux à la voix sonore,
Ainsi que les perles des champs.
Chante l'universel génie
Du Dieu d'amour et d'harmonie,
Dont la main forte et bénie
Fait tout pour sauver les méchants.

Couronnez-vous le front de roses,
Chérubins exilés du ciel ;
Que dans les bois, les fleurs écloses
Vous versent sans cesse leur miel !
Les plaisirs purs sont à l'enfance :
C'est une douce récompense
Que le ciel donne à l'innocence.
Courez, enfants, sur le gazon !
Mais toujours, dans votre carrière,
Songez bien que c'est la prière

Qui fait descendre la lumière
Comme un soleil dans la maison !

. .   .   .

Tout à coup un grand bruit au loin se fait entendre.
L'horizon disparaît sous un voile de cendre.
Le sol tremble d'effroi, le ciel devient tout noir,
L'astre du jour s'enfuit, partout le feu s'élance,
L'océan furieux, reprenant sa puissance,
          Présente un immense entonnoir.

Ici la mer, ici le feu, sur tous les points la foudre.
La colère du ciel a tout réduit en poudre.
Des cris.... Plus rien.... Les feux et les flots ont obéi.
Le vent frais a fait place à la sombre tempête ;
Le Vésuve a mis fin à ce beau jour de fête :
          Ainsi disparut Pompéi !

II

Oui, tout passe ici-bas, la grandeur, la puissance,
La gloire, le renom et la magnificence.
Oui, tout meurt, tout périt, l'enfant, le criminel,
Les sceptres, les Césars, les grands avec leurs marques,
Les vainqueurs, les vaincus, les sujets, les monarques :
          Jéhovah seul est éternel !

Dieu seul est éternel ! Son nom remplit l'espace.
Il est le Roi des Rois ; il châtie, il menace.

Là-haut, comme ici-bas, ses droits sont absolus.
Il dit, et du chaos on voit sortir le monde ;
Il veut, et le tonnerre au même moment gronde :
    Il parle, et l'univers n'est plus....

COMMENTAIRE

L'homme de génie n'est qu'un traducteur plus ou moins fidèle des beautés de la nature.

Le vrai poète, le grand poète, c'est Dieu. Il écrit ses épopées d'un seul trait, avec l'aile de la foudre, au bruit des éboulements et des tremblements de terre.

Chacun de ses *vers*, marqués du sceau de l'éternité, contient une menace pour le méchant et une espérance pour le philosophe et l'homme vertueux.

Chacune de ses *strophes* devient un chant grave et sévère que l'humanité répète de siècle en siècle.

Racine, célébrant la puissance de l'Éternel, a dit :

> Au seul son de sa voix, la mer fuit, le ciel tremble.
> On voit en un moment tout l'univers ensemble,
> Et les faibles mortels, vains jouets du trépas,
> Sont tous devant ses yeux comme s'ils n'étaient pas.

Ces vers sont une sublime traduction de cette parole sublime : *Dixi, ubinam sunt?*

Pompéi, comme tout le monde le sait, est à 8,000 mètres environ du Vésuve, à l'embouchure du Sarno.

En l'an 63 de J. C., elle a été à moitié détruite par un tremblement de terre. Quelques années plus tard, elle a été entièrement engloutie à la suite d'une éruption du Vésuve. Les ruines de cette ville ont été découvertes vers la fin de 1755.

Grâce aux travaux de déblaiement qui s'y exécutent depuis une soixantaine d'années, on y retrouve continuellement des outils de tout genre, des verreries, des vases et autres ustensiles fabriqués avec l'argile, des tableaux de peinture, et même des édifices en parfait état de conservation.

Herculanum, quelques années avant Pompéi, a été aussi ensevelie sous les laves du même volcan. On prétend que ses débris ont été découverts, en 1713, par un paysan qui creusait un puits.

(1880.)

II

POÈMES

Scribendi recte, sapere est et principium et fons.
HORACE, *Art poétique.*

L'Art ne fait que des vers, le cœur seul est poëte.
A. CHÉNIER.

POÈMES

LA NÉGRESSE ET LE BLANC

ou

CE QU'ON ENTEND SOUS LES BAMBOUS

A MM. EMMANUEL CHANCY ET JUSTIN DÉVOT

Nigra sum, sed formosa.

. . .

I

Je veux de toi pour femme, ô superbe négresse,
Dont les yeux, dans les cœurs, versent des flots d'ivresse !
Allons, décide-toi ! donne-moi ton amour,
Et demain tu seras heureuse avec le jour.

Tu souffres, n'est-ce pas, femme voluptueuse ?
A quoi sert la vertu si l'on est malheureuse ?
Et que fait la beauté pour la femme en haillons ?...
Elle est comme un soleil privé de ses rayons.

Je suis très riche, moi; j'ai maisons et carrosse,
De l'or, des diamants, produits de mon négoce:
Mes chevaux sont fringants, mes lambris sont dorés;
Mes grands exploits d'amour sont par tous célébrés.

Cède à mes vifs désirs, ô toi, ma tendre idole!
J'aime ton air charmant et ton patois créole.
Un grand feu me consume et m'ôte le sommeil:
Ton cœur brûle mon cœur, tes yeux ont du soleil.

Eh! quoi, tu ne dis rien? Je vais vite en affaire!
Voudrais-tu toujours vivre au sein de la misère?
Oh! crois-moi, ma négresse, abandonne tes champs
Pour trouver le bonheur dans mes baisers brûlants.

II

Je ne puis accepter votre offre cavalière
Lorsque rien ne me manque ici dans ma chaumière.
Je coule d'heureux jours au sein de la gaîté,
Honorant le travail, loin du vice éhonté.

Oh! non, je ne veux point abandonner mes cannes,
Mes chèvres, mes moutons, broutant dans les savanes....
Je ne veux point quitter mes beaux champs de maïs
Pour suivre un inconnu dans un lointain pays.

A tous vos grands châteaux, cher monsieur, je préfère
Ces choux et ces navets, tous plantés par ma mère.
Vos colliers, vos bijoux valent moins que les fleurs
Que le matin me donne ensemble avec ses pleurs.

Je suis noire, il est vrai, mais je suis respectable.
Depuis quand donc l'honneur n'est plus chose honorable?
Vous êtes heureux, vous; tout comble vos désirs ;
Mais moi, sarcler, bêcher, voilà mes seuls plaisirs.
Gardez donc vos trésors, car je n'en ai que faire !
Mon jardin me fournit ce qui m'est nécessaire.
N'insistez pas, monsieur, vous me tentez en vain :
Je ne vends pas mon cœur pour un morceau de pain.

III

Le blanc comprit alors que sous l · toit de chaume
On trouve la vertu, qui pour tous est un baume ;
Que de tous les assauts elle est toujours vainqueur,
Et que sous des haillons bat souvent un grand cœur.

6 avril 1879.

L'ASCENSION DU POÈTE

A MM. OSWALD DURAND ET PASCHER LESPÈS

*Quo, Musa, tendis? Desine pervicax
Referre sermones deorum et
Magna modis tenuare parvis.*

(Horace, *Ode à Auguste.*)

LE POÈTE

Puisque de tes faveurs, tu me trouves indigne,
O toi dont les regards rappellent ceux du cygne ;
Puisque je ne suis plus ton idole d'amour ;
Que tu peux m'oublier dans ce sombre séjour,
Où tout vogue incertain, comme un vaisseau sans voile,
Où l'homme cherche, en vain, dans le ciel, une étoile,
Où la douleur surprend l'enfant dans son berceau,
Où le plus fort périt comme un frêle arbrisseau ;
Puisque tout m'abandonne en proie à mon délire,
Reçois mon dernier chant : reprends, reprends ta lyre...

LA MUSE

Quel est donc le sujet de ton grand désespoir,
Poète au front rêveur, tendre amant du devoir ?

LE POÈTE

Mieux que moi tu le sais, ô ma Muse cruelle !

8

LA MUSE

Pour arriver aux cieux, je t'ai donné mon aile...

LE POÈTE

Pourtant tu prends plaisir à voir couler mes pleurs.

LA MUSE

Ingrat! n'est-ce pas moi qui te verse des fleurs,
Qui te promets sans cesse et l'honneur et la gloire,
Et qui te conduirai partout à la victoire?...
N'est-ce pas moi, le soir, comme un ange gardien,
Qui veille autour de toi pour t'inspirer le bien?...
Qui t'explique en secret les lois de l'harmonie?
Qui remplit ton sommeil d'une ivresse bénie?
Ingrat! ah! que de fois dans le monde idéal,
N'ai-je pas rafraîchi, d'un baiser virginal,
Ton front qui porte encor les fleurs de la jeunesse?
Que de fois, pour calmer ton amère tristesse,
Tes cuisantes douleurs et tes tristes sanglots,
Ne t'ai-je pas versé le bonheur à longs flots?

. . . .
. . . .
. . . .
. . . .

LE POÈTE

Muse, pardonne-moi ces plaintes et ces larmes;
Tu dois comprendre au moins mes trop justes alarmes!
Quand l'homme est sous le poids de terribles douleurs,
Il est bien naturel qu'il parle par des pleurs,
Qu'il s'oublie un moment, et même qu'il blasphème...
Mais, Muse, tu connais jusqu'à quel point je t'aime.
Tu sais combien de fois, sans craindre aucun affront,

Des lauriers les plus beaux j'ai couronné ton front...
Si j'ai su te froisser ici par une offense,
Muse, pardonne-moi... l'amour fait ma défense...

LA MUSE, *attendrie.*

O mon poète, objet de mes tendres amours,
Si mon souffle est ton souffle, achève ton discours !
Viens t'asseoir à mes pieds ; dis-moi ce qui te ronge.
Afin que ta douleur s'envole comme un songe !

LE POÈTE

Lorsque je veux chanter quelques sujets divers,
Je m'évertue en vain à composer des vers.
Vingt fois sur le papier j'écris, et puis j'efface,
Sans jamais arriver à finir ma préface.
Les mots, sous mon crayon, viennent avec lenteur,
Et n'ont point sur les cœurs de pouvoir enchanteur.
Au lieu d'être une esclave attentive et fidèle,
La rime à mes désirs reste toujours rebelle.
Dans ces moments amers, j'ai beau la caresser,
Mais la cruelle, hélas ! ne fait que me bercer
D'un espoir que le temps jamais ne réalise.
Je suis comme un terrain que rien ne fertilise...
Mais qu'ai-je fait, dis-moi, pour mériter ce sort ?
D'aimer le beau, le bien, est-ce bien là mon tort ?
Muse, daigne parler, sans craindre d'anathème :
Un seul mot peut calmer cette douleur extrême.
Dis-moi le vrai moyen pour attendrir les cœurs,
Pour remporter un jour le laurier des vainqueurs !

LA MUSE.

Poète, pour chanter, recherche l'harmonie ;
Pour subjuguer les cœurs, invoque le génie !

Sans ce puissant moyen, nul n'est sûr de charmer.
Pourtant ce n'est pas tout : *il faut savoir aimer.*

LE POÈTE.

Qu'est-ce donc que l'amour ?

LA MUSE.

L'amour, c'est Dieu lui-même.
Des faibles et des grands, c'est le seul bien suprême.
C'est le parfum qu'on verse au pied du Créateur,
C'est ce qui fait l'amant, l'époux, le zélateur....
L'amour, c'est cette fleur qui couronne la vie,
Cet ange qui sans cesse au bonheur nous convie.
C'est la brise du soir qui boucle nos cheveux ;
C'est un baiser cueilli dans les plus doux aveux ;
C'est l'enfant aux yeux bleus qui caresse sa mère,
C'est ce qui nous console en cette vie amère....
O poëte ! l'amour, sœur de la Charité,
Est le plus beau reflet de la Divinité.

LE POÈTE.

Oui, je comprends....

LA MUSE.

Aimer, c'est la clef du mystère.
Avec ce sentiment, poëte, on peut bien faire.
Puisque tout est parfait dans la création,
Que ton cœur soit un temple à l'adoration !
Quand tu sauras aimer, tu seras sûr de plaire
Et de rendre la rime esclave sans salaire.
Sous ta plume naîtront des vers harmonieux,
Que l'on croira sortis de la bouche des dieux.
Tes doigts même, étonnés, produiront sur la lyre

De ces accords touchants que le talent inspire.
C'est là tout le secret.... Maintenant, qu'en dis-tu ?

LE POÉTE.

Combien pour le savoir j'ai longtemps attendu !

LA MUSE.

L'amour donne une voix à toute créature
Pour prier, pour chanter, pour bénir la nature.
La brise qui soupire à travers les rameaux,
Les oiseaux au col d'or qui charment les hameaux,
L'éclair, serpent de feu qui déchire l'espace,
L'océan qui mugit comme un monstre rapace,
Le tonnerre qui gronde en menaçant le ciel,
L'abeille qui bourdonne en composant son miel,
Tout, tout de l'Éternel raconte la puissance,
La beauté, la grandeur et la magnificence.
Il faut que ces tableaux soient toujours sous tes yeux,
Car le poète est fait pour vivre dans les cieux,
Plutôt que sur la terre, où le froid scepticisme
Arrache à l'Idéal ses ailes et son prisme.

LE POÉTE.

Dis ! veux-tu me conduire à la sphère éternelle,
Parmi les astres d'or ?

LA MUSE.

Oui, tiens-moi par mon aile,
Partons....

LE POÉTE, *transporté*.

Que vois-je, ô ciel ! Quelle douce clarté !...
Dieu !...

LA MUSE.

Ce sont les rayons de l'Immortalité.

LE POËTE.

O doux ravissement! O joie pure, ineffable!
Seigneur! je te bénis dans ta gloire adorable!
Tout ce que le mortel conçoit de ta grandeur
 N'et encore qu'une ombre auprès de ta splendeur.
Ici, tout est beauté, tout est grand de mystère,
Et ne ressemble en rien aux choses de la terre.
O doux et saint concert de l'éternel séjour!
Mon cœur, en l'écoutant, se dilate d'amour.
Que ta puissance est grande, ô divine Harmonie,
Bel ange aux ailes d'or, Verbe du Grand Génie!
N'est-ce pas que le *Maître*, en créant l'univers,
T'avait à ses côtés pour lui chanter des vers?
Viens....

LA MUSE.

Contiens ton transport!

LE POËTE.

                        Conserve-moi ma lyre,
O Muse, esprit divin!...

LA MUSE.

          Qu'est-ce donc qui t'inspire?

LE POËTE.

Oh! laisse-moi nager dans ces flots de clarté!
Je veux des chérubins contempler la cité!
Je me sens transporté; je n'ai rien de profane,
Mon cœur est un autel, un temple diaphane
Où chante la prière.... O puissance de Dieu!
Je désire à jamais m'attacher à ce lieu!

LA MUSE.

Je vais ouvrir pour toi le temple de la Gloire,
Le champ que l'Éternel accorde à la victoire.
C'est là que tu seras peut-être couronné,
Si tu veux qu'à l'amour ton luth soit destiné.
Entre donc sans effroi.... Regarde cette flamme !
Du doux Coriolan (1) elle rappelle l'âme :
Des Muses c'était bien un amant adoré,
Dont le nom, dans les cœurs, restera vénéré.
Ses vers étaient tout pleins du parfum de ces mornes,
De ces frais citronniers, de ces manguiers énormes.
De son charmant pays il chanta la beauté,
Et trouva le bonheur dans l'immortalité.
Honneur et gloire à lui!... — L'autre, ici, c'est Ignace (2)
A qui tout donne droit d'occuper cette place.
Cygne aux ailes de feu, sans jamais s'arrêter,
Il chanta pour pleurer, il pleura pour chanter.
La mort, en mettant fin à sa courte existence,
Le surprit sur la lyre accordant une stance.
On dirait que le ciel, jaloux de son talent,
Ne voulut plus le voir dans ce monde indolent,
Où tout est méprisé, vertu, gloire, énergie....
Sa vie est le sujet d'une longue élégie,
Que l'on devra chanter, un jour, sur son tombeau....
Porte un peu tes regards sur ce groupe si beau
Qui s'avance vers nous! Admire et considère !
C'est Ducas Hippolyte, et Milscent, et Gardère ;
C'est Lérémond Jean-Jacque accompagnant Abel (3) ;

(1) Coriolan Ardouin.
(2) Ignace Nau.
(3) Abel Elie.

C'est Beaudeuf et Geoffrin expliquant le *babel*
De notre vanité par la philosophie ;
C'est le sage Faubert qui chante et versifie ;
Ce sont tous les soldats de l'Ordre et du Progrès,
Dignes, dans tous les temps, de nos plus grands regrets.
Enrôlés aujourd'hui dans la sainte milice,
Ils doivent à l'amour de briller dans la lice :
La foi leur a donné la palme du vainqueur,
La foi donne le ciel : grave-le dans ton cœur !

LE POÈTE.

O ma Muse ! ô mon ange ! ô mon bonheur suprême !

LA MUSE.

Comprends-tu maintenant de quel amour je t'aime

LE POÈTE.

O ma Muse !... ô mon ange !...

LA MUSE.

                    Eh bien ! écoute-moi !
Je pars pour d'autres cieux, mais mon cœur reste à toi.
Marche, ô mon bien-aimé, marche avec assurance !
Que la foi t'accompagne, ainsi que l'espérance !
Sous le bambou sonore où s'engouffre le vent,
Pour te parler d'amour, tu me verras souvent.
Adieu ! Souviens-toi bien que pour être poète,
Il faut savoir aimer dans son âme inquiète,
Et que tout ici-bas s'appelle vanité,
Excepté Dieu, l'amour, la foi, la charité.

28 mai 1875.

LA ROSE ET LE PAPILLON

A MADEMOISELLE CÉCILE DERENANCOURT

LE PAPILLON.

Salut, brillante fleur, au teint de vermillon,
Toi que l'aurore en pleurs....

LA ROSE.

Bonjour, beau papillon!

LE PAPILLON.

Oh ! comme te voilà radieuse et sereine,
Belle fille des champs, aux doux regards de reine !
Sur ton front virginal où brille la candeur,
On aime à contempler l'éternelle fraîcheur !...
Quand la brise du soir te comble de caresses,
Tu nous remplis le cœur des plus pures ivresses !
Emblème de la grâce et surtout de l'amour,
On te cherche la nuit, on t'admire le jour !

A qui te comparer? Est-ce à la violette,
Qui se cache toujours comme une humble fillette?
Est-ce au frêle jasmin? Est-ce enfin au bluet,
Qui ne tient que le rang d'un aimable coquet?
— Non, non, c'est impossible!... Au pavillon de Flore,
Ces fleurs n'ont jamais eu les faveurs de l'aurore.
Il est vrai qu'on se sert quelquefois du laurier
Pour couronner le front du savant, du guerrier;
Mais c'est un passe-droit ou plutôt une injure
Qui, loin de l'abaisser, rend ta grâce plus pure.
La vierge, toutefois, par des soins amoureux,
Te caresse des yeux, te place à ses cheveux;
Et l'on te voit encore, à l'autel de Marie,
Surpasser en éclat la plus belle soierie.

LA ROSE.

Songe donc, papillon, que tout complimenteur,
Au dire du proverbe, est un parfait menteur!
Pourtant, il m'est bien doux d'avoir prêté l'oreille
A tes propos charmants, que m'a tenus l'abeille.
Mais dis-moi d'où tu viens, si frais et si gentil,
Avec tes ailes d'or et ton charmant babil!...

LE PAPILLON.

Je viens de Bizoton, campagne monotone,
Où le printemps ressemble au nébuleux automne.
L'ennui me dévorait, et je viens, sans détour,
Sur la foi de l'honneur, t'offrir un tendre amour,
Un amour aussi pur que ton divin calice,
Que le beau lis des champs offert en sacrifice.

LA ROSE.

Ciel!...

LE PAPILLON.

Oh! non! ne crains pas de m'avoir pour amant :
Je ferai ton bonheur, et c'est dit par serment.

LA ROSE.

Oui, oui, je veux bien croire à l'ardeur de ta flamme,
Mais il est quelque chose au dedans de mon âme....

LE PAPILLON, *en sanglotant.*

Te fais-tu donc plaisir de déchirer mon cœur,
Princesse au cœur d'acier, au sourire moqueur !
Pourquoi refuses-tu de partager ma flamme
Et de porter, un jour, le doux nom de « Madame »?
Et pourquoi soupirer? Ai-je à craindre un rival ?
Est-ce le fier Zéphyr qui se croit mon égal ?
Oh ! parle! dis-moi tout! Songe que pour devise
Tout grand cœur doit avoir : Amour pur et franchise !

LA ROSE.

Eh bien ! puisque tu veux que je parle à l'instant,
Apprends que l'on te croit un amant inconstant ;
Que ton plus grand plaisir est de tromper fillettes,
Après avoir compté les plus belles fleurettes ;
Que, sans cesse posé sur le sein virginal
De l'innocent jasmin, au souffle matinal,
Tu donnes ton amour comme une dédicace
A sa tendre beauté, que couronne la grâce ;
Enfin, qu'à d'autres fleurs on te voit, chaque jour
Promettre en souriant un éternel amour!...

LE PAPILLON, *avec émotion*.

C'en est assez! O Ciel!... Quoi! suis-je dans un songe
Ou dans la vérité? Moi, volage, ô mensonge!!!
— Mais qui donc te l'a dit, sous ce brillant soleil,
Rose? — Oh! fuis loin de moi, bien loin, triste réveil!
Je serais sans respect, grand Dieu! pour l'innocence?
C'est une calomnie, une injure, une offense....
Je jure par les dieux que jamais au jardin
Je n'ai posé la main sur le frêle jasmin.

LA ROSE, *attendrie*.

Je te crois, jeune amant.... Mais il faut (c'est bien sage),
Avant de t'épouser, que je reçoive un gage
De ta fidélité : ta parole d'honneur.

LE PAPILLON.

On ne refuse pas un gage à la candeur.
Je prends tout à témoin de mon amour extrême,
Le soleil et les fleurs, et les oiseaux que j'aime!...
Si je devais un jour parjurer mon serment
Je voudrais que le Ciel me frappât à l'instant.

LA ROSE

A ce prix, prends mon cœur; il est bien vierge encore :
Et bien vite à l'autel allons avec l'aurore.

LE PAPILLON, *avec joie*.

O suprême bonheur! ô jour trois fois heureux.

(*Au même moment, un énorme serpent, caché sous
les fleurs, s'élance sur le papillon, l'enveloppe et
le tue.*)

LA ROSE, *en tremblant.*

O miracle! ô miracle! En croirai-je mes yeux ?
Seigneur, c'est donc ainsi que finit l'imposture ?
C'est donc le triste sort de tout amant parjure ?...
Au moment où j'allais céder à ses désirs,
Tu l'as frappé bien fort au seuil de ses plaisirs.
Béni soit ton saint nom qui garde l'innocence,
Et qui dit au méchant : Prends garde à ma vengeance!

MORALITÉ

O vous, charmantes fleurs, sourire du printemps,
Mettez-vous à l'abri du souffle des antans !
Gardez-vous bien, hélas ! dans ce monde perfide,
D'écouter les propos d'un galant insipide !
Songez que si l'amour est le trésor du cœur,
L'innocence est le gage assuré du bonheur!!!

LE GÉNIE DE LA PATRIE

Hommages respectueux de l'Auteur

A MESSIEURS

J.-N.-LOUIS ADAM

Ancien Ministre résident d'Haïti à Londres et ancien Sénateur
de la République;

MATHURIN LYS

Député du Peuple au Corps législatif;

BIEN-AIMÉ RIVIÈRE

Général de division, ancien Colonel de la garde nationale,

ET

PAUL LOCHARD

Auteur des *CHANTS DU SOIR*.

LE GÉNIE DE LA PATRIE

Seigneur, qui calmera mes cruelles alarmes ?...
O mes yeux, devenez deux fontaines de larmes !
Soleil, obscurcis-toi ! Cieux, voilez-vous de deuil !
O Gloire ! ô Liberté ! descendez au cercueil !
Héroïsme et Vaillance, ouvrez vos larges ailes,
Et vite envolez-vous aux voûtes éternelles !
Abaissez-vous, Orgueil ; flétrissez-vous, lauriers,
Réduisez-vous en poudre au front de mes guerriers.
Palmier, ne chante plus tes strophes à la brise !
Ne dis plus les grands noms.... Que la foudre te brise !
Qu'ils meurent avec toi tes rêves d'avenir,
Et que nul ne rappelle un jour ton souvenir !
Et toi, noble étendard, qui couvris des esclaves
Et les changeas soudain en un peuple de braves ;
Qui vis ce jour heureux, ce moment solennel
Où d'illustres soldats bénissaient l'Éternel
De leur avoir donné la paix par la victoire,
Drapeau, ne flotte plus au souffle de la gloire !

9

O Nuit, qu'attends-tu donc pour descendre sur moi ?
Ténèbres, augmentez mon deuil et mon émoi !
Désespoir, noir vautour, déchire mes entrailles,
Et prive à mes débris l'honneur des funérailles.
Traîne-moi dans la fange. Hélas ! c'est trop souffrir.
Ma douleur est extrême.... Adieu, je veux mourir.

. . . .

Oui, oui, je veux mourir pour effacer le compte
Que des enfants ingrats ont ouvert à ma honte ;
Pour ne plus assister à ces scènes d'horreur
Où chacun est armé d'une égale fureur.
Oh ! laisse-moi mourir pour que l'ignominie
Apprenne à regretter la gloire et le génie,
Adieu, c'en est donc fait.... O sainte Liberté,
Adieu, je ne veux plus de l'immortalité !...

. . . .
. . . .

O fils dénaturés ! apprenez-moi mon crime !
D'où vient que jour et nuit je sois votre victime !
Répondez ! Est-ce donc pour vous avoir aimés,
Pour vous avoir guidés, encouragés, armés,
Pour vouloir votre bien, auquel je me dévoue,
Que vous me déchirez, me traînez dans la boue ?
Arrêtez-vous, ingrats ! Contemplez vos hauts faits,
Savourez à loisir les fruits de vos forfaits !...
Voyez le noir tableau qui vient frapper ma vue !
Un vieillard malheureux, dans la foule éperdue,
Qui demande, en pleurant, l'espoir de ses vieux jours,

Son fils qu'un fer cruel lui ravit pour toujours.
Ici, ce sont des sœurs : là-bas, ce sont des mères,
Dont rien n'adoucira les douleurs amères !...
Tout près, c'est une veuve et six pauvres enfants,
Désormais orphelins, livrés à tous les vents.
Partout je vois du sang, des cadavres sans nombre
Que dévorent les chiens dans cette nuit si sombre!
Voyez ces *monstres* qui, sans peur du lendemain,
Vont brûler les maisons, une torche à la main.
Voyez-les donc passer dans leur accès de rage :
Ils portent dans leurs flancs la tempête et l'orage.
Voyez ces malheureux courant de tous côtés,
Pâles comme la Faim, tristes, épouvantés.
N'ayant plus pour rempart la foi vive et robuste,
Ils maudissent la vie, ils la traitent d'injuste.
Ils s'en vont, égarés, privés de sentiments,
Poursuivis par la flamme et d'autres châtiments.
Vingt ans de longs travaux sont perdus en une heure.
Le riche n'a plus rien, le pauvre est sans demeure....
Quand donc finira-t-on?... J'entends encor des cris.
La guerre se rallume au milieu des débris
Ciel, voile-toi de deuil!... Le fils frappe le père
Et le père, le fils.... La sœur meurt près du frère
L'arme, rouge de sang, demande encor du sang,
La Vengeance sur tous jette un œil menaçant....

Voilà votre trophée, ô discordes civiles !
Jetez donc vos regards sur nos bourgs et nos villes.
Venez, voyez.... Marchez sur vos tristes lauriers,
Et comptez sans frémir tous ces vaillants guerriers.
Jeunes, vieux, aimés, tous pleins de chevalerie,
Que vous avez livrés à la foule en furie!!!...

C'est bien aussi votre œuvre, ô fils dénaturés,
O vous que la licence a toujours égarés !
Pouvez-vous ignorer le prix de l'harmonie ?
Auriez-vous sous vos pas quelque mauvais génie ?
Quel plaisir prenez-vous à déchirer mon sein ?
Faut-il que dans un fils je trouve un assassin ?
N'est-il pas doux d'aimer son compagnon, son frère,
De jeter quelques pleurs dans l'urne cinéraire ?...
Mais que voit-on de plus ? — Le faux, l'iniquité,
S'étalant sans pudeur, bravant l'honnêteté.
La Haine se baignant dans les égouts du crime,
L'Envie aux bras de fer étouffant sa victime,
La Bassesse en renom, l'Héroïsme abattu,
Le Vice déchirant sous ses pieds la Vertu,
L'Ambition prêchant à grands cris le pillage,
Et recevant partout de grands tributs d'hommage....
Chaque homme se figure un maître, un potentat,
Et se croit surtout apte à gouverner l'État,
A devenir tribun, sénateur ou ministre.
Ah ! plaignons tous ceux-là dans leur projet sinistre !...
L'Autel du Dévouement est longtemps renversé,
On ne peut dire un mot sans être menacé.
Le Talent est sans feu, la Gloire sans asile ;
Le Beau, pleurant son sort, se condamne et s'exile.
Plus de nobles pensers : tout est mort dans les cœurs.
La Charité n'est plus pour recueillir les pleurs.

Ailleurs, c'est *la misère au sein de nos richesses.*
Est-il pourtant un sol plus grand dans ses largesses ?
Haïti, n'est-ce pas un joyau précieux
Qu'un ange aux ailes d'or a détaché des cieux ?
N'est-elle pas plutôt la Reine des Antilles ?

L'or ne tombe-t-il pas au bruit de ses faucilles ?
Je te salue, ô terre, où croît le vert palmier,
Où l'oranger fleurit ainsi que le laurier ;
Où l'ananas s'élance au bord de la rivière,
Où le frais bananier agite sa bannière,
Où le cafier fléchit sous le poids de ses fruits,
Où le parfum des fleurs fait frissonner les nuits....
Mais à quoi bon chanter ta brillante nature,
Tes arbres, ton ciel bleu, ton onde, ta verdure ?...
Plus j'admire ton sol, plus je sens mon malheur,
Plus je sens un poignard me déchirer le cœur.
Plus de foi, nulle part, plus de valeur civique.
D'infâmes citoyens saignent la République.
Rien n'est sacré ; l'honneur expire à l'échafaud.
Sous l'habit du soldat ne bat plus un cœur chaud,
Pour avoir la richesse, objet d'idolâtrie,
Chacun, en ricanant, déchire la Patrie....

Malheur, malheur au peuple ingrat et criminel,
Qui marche et ne suit pas les lois de l'Éternel !
Il sera poursuivi comme une race infâme,
Chassé, maudit, détruit par le fer et la flamme.

Haïti, mon orgueil, Haïti mon amour,
Voudrais-tu voir venir ce sombre et triste jour ?
Voudrais-tu mériter.... Mais, insensé, que dis-je ?
L'amour ne peut-il pas enfanter un prodige ?
Regarde le Calvaire où, généreux martyr,
Pour t'arracher au mal, je consens à mourir !
Dis, ne sauras-tu pas, pour sauver ma mémoire,

Suivre un autre chemin et voler à la gloire ?
Ombres de Dessaline et du grand Pétion,
Sortez de vos tombeaux ! Jugez la nation !
Levez-vous, fiers héros, géants du même moule,
Et de vos fortes voix parlez à cette foule !
Levez-vous, Lys, Magny, Marion et Geffrard,
Capois, Lamartinière, aussi grand que Bayard....
Levez-vous, levez-vous, et que votre héroïsme
Dans le cœur de mes fils ranime le civisme !
Réveillez leur courage autrefois si bouillant,
Et faites que, chez eux, l'honneur soit pétillant.
Dites-leur qu'un grand peuple est amant de la gloire,
Qu'il est d'autres lauriers que ceux de la victoire.
Que l'or que l'on recherche est moins que la vertu,
Que l'on a du renom quand on a combattu
Sous le drapeau sacré du Droit, de la Justice,
Qu'à son pays on doit tout noble sacrifice,
Que mourir en soldat est un sort noble et beau.
Dites-leur qu'un grand nom ne meurt pas au tombeau ;
Que la force du droit est par le droit guidée,
Que le sabre n'est rien s'il ne sert pas l'IDÉE ;
Que le vice opulent de lauriers couronné
N'a jamais vu l'honneur à ses pieds prosterné.
Dites que la travail en donnant l'abondance
Assure et raffermit la noble Indépendance.
Oui, dites qu'il n'est rien de plus doux que la paix,
Et que sans le Dieu Fort on ne l'obtient jamais.

Mais que vois-je, ô mes fils? Des pleurs sur vos visages !
Oui, des torrents de pleurs ! Ciel ! quels heureux présages !
Le repentir, chez vous, me dit que la grandeur

A toujours un autel au fond de votre cœur,
Et que, par un effort, vainquant votre faiblesse,
Vous pourrez retrouver votre ancienne noblesse.
Oh! non, on ne meurt pas quand on peut, comme vous,
Faire oublier ses torts dans des aveux si doux ;
Quand on peut réparer ses erreurs et ses fautes
Et trouver l'héroïsme au nombre de ses hôtes ;
Quand on peut, sans trembler, d'un ton de majesté,
Bien haut s'écrier : *Dieu, Patrie et Liberté!*
Je ne veux plus mourir puisque vous voulez vivre !...
Que le parfum du bien et du beau vous enivre !
Croissez dans la vertu, couronnez le savoir,
Et prenez sans retard le drapeau du Devoir.
Marchez, courez, volez, car l'heure est solennelle,
Vous avez devant vous la Patrie Immortelle.
Voyez ce char qui passe en semant des bienfaits,
Rien ne peut l'arrêter : c'est celui du Progrès!

O Muse, prends ton luth! Je renais à la vie ;
A chanter Haïti tout ici te convie !
De mes yeux attristés ne coulez plus, ô pleurs,
Car, en moi, l'espérance a chassé les douleurs.
Gloire, Paix et Vertus, ô mes chastes déesses,
Soyez de ce pays les trois seules maîtresses!
Soleil, astre du jour, qui répands la clarté,
Couvre de tes rayons ce sol de liberté!
Cieux, n'apparaissez plus couverts de sombres voiles ;
Revêtez-vous d'azur, couronnez-vous d'étoiles!
Relève-toi superbe, Orgueil national,
Et frappe de mépris tout homme au cœur vénal!
Palmier, arbre chéri, que la valeur renomme,

Reste pour encenser le tombeau du Grand-Homme ! (1)
Oh ! reste, ne meurs pas : grandis à chaque instant,
Et montre avec fierté ton panache éclatant.
Et toi, noble étendard, qui couvris des esclaves,
Et les changeas soudain en un peuple de braves,
Qui vis ce jour heureux, ce moment solennel,
Où d'illustres soldats bénissaient l'Éternel
De leur avoir donné la paix par la victoire,
Drapeau, flotte toujours au souffle de la gloire!!!

(Décembre 1877.)

————

COMMENTAIRE

Cette pièce, publiée au Port-au-Prince, a eu pour préface les lignes suivantes :

Cette poésie n'est pas un de ces chants que la Muse répète au fond des bois, ou au bord de la rivière, sous les regards bleus du firmament ; ce n'est pas une *Ode* où, se parant le front d'éclatants lauriers, et embouchant la trompette épique, elle entonne la gloire de nos pères ; ce n'est pas non plus une *fantaisie* où, joyeuse et tranquille, elle s'est laissée aller au gré de son imagination. Cette poésie est une longue strophe de pleurs, une élégie, un cri de douleur.....

Ce cri, c'est celui de la Patrie.

La Patrie !.....

(1) ALEXANDRE PÉTION, fondateur de la République d'Haïti.

Le lecteur sait peut-être que M. Fénelon Duplessis, l'auteur des *Chant et Pleurs*, a célébré le *Palmier* dans une Ode où la beauté des vers répond à la grandeur du sujet. Cette pièce est dédiée à la mémoire de son père, Louis DUPLESSIS, général de division, mort le 3 octobre 1859 à l'âge de 65 ans.

Ah ! malheureux et criminel celui qui ne l'aime pas ; car elle
n'est pas, comme on l'a dit, *partout où l'on se trouve bien*.....
Non, la Patrie est le lieu chéri où l'on a jeté ses premiers cris à
la vie, où l'on a grandi, où l'on a aimé, où l'on a souffert, où l'on
a pleuré ; c'est le lieu où chaque arbre, chaque plante, chaque
fleur, rappelle un souvenir agréable ou amer ; où chaque désert
est le sujet de mille poëmes ; où chaque rempart est le plan
d'une nouvelle *Iliade* ; où chaque forteresse est une épopée, écrite
en pierres, rappelant une chute glorieuse ou une victoire éclatante. C'est le lieu enfin où reposent paisiblement, à l'ombre
d'un palmier, d'un cyprès ou d'un laurier, les ossements de ses
pères.....

Que l'on soit dans le bonheur, que l'on soit dans l'infortune,
c'est le lieu qu'on aime du plus pur amour.

Si l'Islande, avec ses glaces, l'Arabie, avec ses sables embrasés,
l'Egypte, avec son simoun, le Labrador, avec ses nuages, sont des
lieux chers à ceux qui les habitent, combien ne devons-nous pas
aimer notre pays, dont la luxuriante végétation est une merveille
de la nature, et dont les rivières, en coulant paisiblement sur
des cailloux d'argent, à l'ombre des verts bananiers, des bambous
et des cannes chevelus, chantent éternellement d'harmonieuses
complaintes ?

« La Patrie a tant de charmes, — nous répétait-on souvent
quand nous étions sur les bancs de l'école, — que le plus sage
des héros, Ulysse, préférait à l'immortalité sa misérable Ithaque,
suspendue comme un nid au flanc d'âpres rochers..... » (1)

C'est le souvenir de la Patrie qui console l'exilé et lui fait trouver des consolations même dans ses pleurs.

Aristide, surnommé *le Juste*, à cause de ses grandes vertus et
des services éclatants qu'il avait rendus à son pays, fut condamné
à l'ostracisme. Loin de se plaindre de l'ingratitude de ses concitoyens, il les bénit en quittant les portes de la ville et en faisant
mille vœux pour la prospérité d'Athènes.

Thémistocle, qui prit une si grande part dans la bataille de
Marathon, et qui porta à la puissance de Xerxès le dernier coup par
la victoire navale de Salamine, connut aussi l'exil. Il aima mieux

(1) *Sic nos patria nostra delectat, ut sapientissimus vir Ulysses
immortalitati anteponeret Ithacam illam, in asperrimis saxulis tan-
quam nidulum affixam.*

s'empoisonner que d'obéir à Artaxerxès, qui voulut profiter de sa situation malheureuse pour lui faire prendre les armes contre sa patrie.

C'est la voix de la Patrie qui parle aux poètes dans le silence de la nuit.

C'est l'amour de la Patrie qui a toujours réchauffé les grands cœurs, les grandes âmes, les grands courages. Otez du cœur de l'homme l'amour de la Patrie, eh bien ! plus d'héroïsme, plus de grandes vertus, plus de gloire, plus d'illusions, plus de liberté. Le dévouement des Décius et des Codrus n'est plus digne d'être offert en exemple à la jeunesse ; Dessalines, le *Spartacus* de la race noire, n'a rien fait de beau et de sublime ; Pétion est sans titre devant la postérité.....

Ah ! combien est-il malheureux et criminel celui qui n'aime pas sa Patrie, et qui, partout où il passe, ne la porte pas avec lui dans son cœur !

Comment est-il venu à l'auteur l'idée d'écrire cette poésie?

C'est qu'il a souvent réfléchi sur le sort de sa Patrie ; c'est qu'il l'a vue sombre et rêveuse ; c'est qu'il a entendu sa douce et forte voix ; c'est qu'il l'a vue pleurante, meurtrie, percée, défigurée.....

Il s'est fait poète de la douleur pour chanter une mère infortunée.

Il remplit un devoir de citoyen, et, sans chercher à savoir le jugement que le public *éclairé* portera sur son œuvre, faite sans prétention, il dit à tous ceux qui lui feront l'honneur de le lire :

« Concitoyens, ce n'est point le moment d'accuser personne des maux de toutes sortes que nous souffrons. Réparons, empressons-nous de réparer les fautes de nos prédécesseurs et celles que nous avons commises nous-mêmes.

« L'heure est solennelle.

« Travaillons à la régénération sociale et morale de notre malheureux pays.

« Donnons, donnons le branle aux idées nobles, utiles et généreuses

« Offrons notre pierre, petite ou grande, pour la reconstruction de l'édifice national.

« Poètes, penseurs, historiens, *sonnez le clairon* du progrès ;

vieillards, apportez votre expérience et prêchez à tous la paix, la concorde et l'harmonie; ministres du Seigneur, parlez-nous d'amour et de vérité, et arrachez ce peuple à la superstition ; magistrats, tenez d'une main ferme la balance de la justice, et faites que vos actes soient marqués du sceau de la sagesse et de l'impartialité ; gouvernement de mon pays — je ne cesserai jamais de vous le répéter — accordez généreusement à tous le pain sacré de l'intelligence, afin que, par l'instruction, chaque homme soit un citoyen, c'est-à-dire un être à la hauteur de ses droits et de ses devoirs ; jeunesse intelligente, qui palpitez aux noms de gloire et de liberté, avancez hardiment dans l'arène du progrès, et tous, quelle que soit la sphère où le sort nous a placés, donnons-nous une main fraternelle devant l'autel de la Patrie et joignons nos efforts pour relever notre pays ! »

Ce sont là les vœux de l'auteur.

Que Dieu daigne les exaucer !

———

De toutes les poésies de l'auteur, celle qui a été lue par le public lettré avec le plus vif intérêt est peut-être *le Génie de la Patrie*. Quelle en est la raison ? Est-ce parce que l'auteur y a mis toute son âme ?..... Peut-être bien ; mais assurément, c'est parce qu'il a parlé de Patric et qu'il a essayé, dans des vers mouillés de larmes, de peindre la nôtre telle qu'elle est.

Des lettres, venues de tous les points du pays, lui ont appris que ses accents avaient trouvé de l'écho dans tous les cœurs.

Il regrette infiniment de ne pouvoir publier ici cette longue et intéressante correspondance ; mais il croit en donner une idée en mettant sous les yeux de ses lecteurs la lettre, le billet et la pièce de vers qui suivent :

Jacmel. 9 janvier 1878.

A Monsieur A. F. Battier, ancien Chef de division au Ministère de l'Instruction publique.

Port-au-Prince.

Mon cher et très estimable concitoyen.

J'ai lu *le Génie de la Patrie.*

Merci d'avoir pensé à moi et de me l'avoir dédié.

Ils sont grands et beaux ces hommes qui, à certaines époques de la vie humaine, s'inspirent des malheurs dont leur Patrie est abreuvée et qui, avec une voix mâle, une verve soutenue et un coloris charmant, savent retracer les douleurs dont elle souffre et lancent, en traits de feu, leurs conseils prophétiques au peuple qui meurtrit son sein et le déchire sans pitié.

Je suis fier de tous ceux de mes compatriotes qui, comme vous, savent s'élever si haut dans le langage des dieux et s'inspirent si bien à la source immortelle où s'inspirent les grands hommes.

Haïti vous remerciera avant longtemps peut-être de cette longue et belle strophe que ses malheurs vous ont inspirée.

Adieu ! courage !!!

Que vos nobles conseils soient suivis et que notre chère Haïti redevienne glorieuse et prospère, et qu'elle vous bénisse de la tant aimer et d'un amour si vrai, si pur et si sincère.

Affectueusement à vous de cœur,

M. Lys.

29 décembre 1877.

Battier,

J'ai lu *le Génie de la Patrie.* Tu as fait œuvre de poète et œuvre de citoyen.

Tu prêtes à l'année qui s'éteint de nobles et touchants accents pour la leçon de l'année qui va venir.

Merci pour la Muse, merci pour la Patrie.

F. Duplessis.

LE RAMEAU D'OLIVIER

A M. A.-F. BATTIER

Car dans ces jours mauva's et parmi tant de crimes,
S'il est des cœurs hideux il en est de sublimes ;
Tu comprends qu'il n'est rien de plus grand qu'un devoir.
                    ANDRÉ THEURIET, *Sylvine.*

Oui, tu fais bien d'aimer la Patrie, ô poète !
Son culte est de ton cœur l'harmonieuse fête !
En chantant son « Génie » immortel, radieux,
Dans la langue des vers, dans la langue des dieux,
Tu t'es grandi le front d'une haute couronne.
Les lauriers bienfaisants que ton âme moissonne,
Que ta Muse a tressés majestueusement,
Sont les plus verts lauriers, et tu peux fièrement
Poète-citoyen, sur la place publique,
Venir, aux jours fatals, de la vertu civique
Désarmer les partis ; — comme un noble drapeau,
Un étendard sans tache, un divin oripeau
Planant sur la mêlée horrible, fratricide,
Sur la lutte farouche et le fer homicide.
Oui, tu peux arborer ton livre glorieux
Que tu pris page à page au plus profond des cieux,
Puis, jeter à la foule et l'or de ses paroles
Et l'olivier de paix ; — c'est le plus beau des rôles,
Le plus grand entre tous ; pour ce rôle es-tu prêt?
Sans reproche et sans peur, Chevalier de la Paix,
Persiste dans ta tâche et fais-là tout entière
En sauvant ton pays pour clore ta carrière!
Viens achever ta gloire ébauchée à demi.
Dans l'immortalité ! Viens sauver ton pays !!!

                                        P. LESPÈS.

L'auteur de *Sous les Bambous* répondit ainsi à son digne et estimable confrère :

12 janvier 1879

Mon cher Lespés,

J'ai lu avec une joie bien grande les vers que vous m'avez fait l'honneur de m'adresser au sujet du poème que j'ai publié dernièrement : *Le Génie de la Patrie*.

Je reçois vos fraternelles félicitations et vous en remercie bien sincèrement.

Il n'est pas du tout étonnant que lorsque j'ai parlé de la patrie et que j'ai essayé de ranimer dans le cœur de mes concitoyens le sentiment du beau et du vrai, vous m'ayez compris, au point de verser votre cœur dans mon cœur, et de me dire dans un sublime élan :

Oui, tu fais bien d'aimer la Patrie, ô poète !

Ah ! Pascher, comment ne l'aimerions-nous pas, cette patrie si belle, si palpitante de glorieux souvenirs, et pourtant si malheureuse, si délaissée ?...

Comment ne l'aimerions-nous pas, cette patrie si pleine de soleil et de vie, et pourtant si pâle, si chétive et si défigurée ?...

A l'heure où nous sommes, n'entendez-vous pas la voix de cette mère infortunée ?

Voyez-là se débattre au milieu des partis !.. Elle jette un cri sublime qui ne peut être compris que par les grands cœurs.

Je vous félicite, à mon tour, d'avoir compris ce cri et de l'avoir traduit dans des vers brûlants de patriotisme.

O mon pays, mes saintes amours, que ne puis-je te voir heureux? Après m'être fait poète de la douleur pour chanter ton infortune, je me ferai soldat de la liberté pour t'épargner une dernière honte, un dernier revers !!!

Puisqu'en ce moment, mon cher Lespès, nous voyons sur la place publique les partis, ivres de colère, s'aborder et se regarder avec défiance, comme des gladiateurs qui attendent le signal du combat, levons-nous donc, et, tribuns du progrès, le front haut, l'âme fière, l'œil plein de feu, marchons vers la « mêlée horrible et fratricide, » et, *le rameau d'olivier à la main*, parlons à nos concitoyens de paix, d'amour et de concorde.

Il est quelque bien à désarmer les partis.

Si votre voix et la mienne manquent d'éloquence pour entraîner les cœurs, nous aurons au moins pour Inspiratrice cette Muse immortelle que vous encensez avec le même respect que moi : *le Génie de la Patrie !*

Adieu, digne confrère, « grand cœur, noble esprit »

LE ROMAN D'UNE FLEUR

LE POÈTE, *avec admiration.*

Blanche fille des champs, ô ravissante fleur!
Sais-tu qu'en te voyant je sens battre mon cœur,
Et vibrer sous mes doigts les cordes de ma lyre?...
Ton parfum est si pur que quand je le respire
Je me sens inspiré par le dieu de l'amour,
Le dieu qui t'a donné le plus brillant atour!
Combien admire-t-on ta charmante élégance
Quand, sur ta tige d'or, le zéphyr te balance?
J'ai toujours contemplé l'incarnat de ton sein
Et le doux coloris de ton front si serein.
J'aime surtout en toi cette vive auréole
Que l'on voit resplendir sur ta fraîche corolle.
Tu resteras toujours, pour mon cœur enchanté,
Innocence et vertu, pudeur et chasteté....

LA FLEUR.

Et moi j'admire autant ta puissance, ô poète,
Toi qui chantes si bien la nature muette!
On m'a toujours vanté tes vers harmonieux,
Qui sont comme un encens offert à tous les dieux.
Comme l'oiseau des bois que le printemps ranime,
Dieu t'a fait pour chanter du ton le plus sublime!

10

On oublierait sans toi la gloire des guerriers
Qui trouvèrent la mort en cueillant des lauriers :
De ces braves soldats, de ces grands capitaines,
Qui prirent aux combats des drapeaux par centaines.
On oublierait le nom si doux de la vertu,
Et ceux qui, pour la gloire, ont toujours combattu.
C'est toi qui fais aimer l'enfant qui se repose
Dans les bras de sa mère, aussi frais qu'une rose,
Et qui veux que chacun, errant dans l'univers,
Raconte en souriant ses maux et ses revers.

LE POÈTE.

Tu me ravis l'oreille, ô rose solitaire !...
Je veux bien qu'entre nous s'envole tout mystère !
Puisque dans ce séjour, charmant, délicieux,
Tu n'as pour tout témoin que moi seul sous les cieux,
Daigne m'apprendre, ô fleur, ta vertu, ta puissance,
Ton nom et le secret de ta douce naissance !
On dit que tu naquis d'un regard de l'Amour,
Comme ces gerbes d'or qui nous tombent du jour !...

LA FLEUR.

J'étais un ange au ciel, séjour de lumière.
Je ne savais qu'aimer et chanter la prière.
Je savourais sans cesse un éternel bonheur,
Qui descendait à flots jusqu'au fond de mon cœur.
Je voyais Dieu souvent dans son char de victoire
Au milieu des éclairs, au milieu de sa gloire !
Le soleil s'éclipsait devant ce Roi des Rois,
Et la foudre dormait dans les plus saints effrois....
Un ange aux ailes d'or, assis près de son trône,
Disait : « Saint, saint, le Dieu que la foudre couronne! »

Des harpes de cristal, aux accords les plus doux,
Accompagnaient les chants des anges à genoux.
Nous buvions à longs traits dans la coupe sacrée
De ce nectar d'amour dont l'âme est enivrée.
J'étais un ange au ciel!... Oh! laisse-moi finir!
Oublions le passé, songeons à l'avenir....

LE POÈTE.

Non! ne refuse pas à ma Muse inquiète
Ce qu'elle veut savoir au point d'être indiscrète.
Rends-toi, je t'en conjure, à mon brûlant désir,
Pour me faire goûter un instant de plaisir!

LA FLEUR, *après une longue hésitation, finit par céder. Elle
prend une forme humaine; ses grands yeux bleus et ses
ailes parfumées ravissent le poète, qui se prosterne à ses
pieds.*

Dieu m'a dit un matin : « *Que tu sois une étoile!* »
Soudain, j'ai vu tomber ma couronne et mon voile....
J'ai pris place dès lors parmi ces astres d'or
Qui brillent dans l'azur comme un divin décor.
J'inondais tous les soirs de ma vive lumière
Le rosier, le palmier, baignés par la rivière.
J'attirais les regards de l'enfant aux yeux bleus,
De la vierge d'amour qui boucle ses cheveux.
Des amants pleins de foi je voyais les caresses,
J'écoutais leurs propos et notais leurs promesses.
On croyait que j'étais la brillante Vénus
Et quand je paraissais, on disait : « *Dominus....* »

LE POÈTE, *toujours prosterné.*

Ange, étoile du ciel et perle sur la terre,
Comment as-tu quitté ton éternelle sphère?

LA FLEUR.

C'était d'un jour de fête un splendide matin :
Le ciel était d'azur, de rose et de satin.
L'Aurore, en souriant, répandait des largesses,
Dont le printemps joyeux étalait les richesses.
Dieu me laissa tomber ensemble avec un pleur ;
Soudain je fus changée en une tendre fleur....
Comme un ange exilé, banni de son empire,
Je mêle ma prière à la voix qui soupire.
Je chante mes beaux jours tristement envolés,
En portant mes regards vers les cieux étoilés.
Le parfum s'échappant du sein de la verdure
Est encore un encens que j'offre à la nature!
J'attends, j'attends, hélas!... L'avenir est à ceux
Qui craignent le Seigneur, le Dieu des malheureux !

LE POÈTE, *en se relevant.*

Je comprends aujourd'hui pourquoi, rayon que j'aime,
J'avais, en te voyant, un embarras extrême....
Je te savais une âme, un astre, une beauté,
Mais avant je voulais trouver la vérité.
Dis! veux-tu que l'exil pour un moment t'amuse?
Eh bien! chante avec moi ; je te prends pour ma Muse!

LUMENA

Genius Libertatis vigilat ad huc
super nos.

I

LE SOLITAIRE

Minuit! c'est le moment où l'âme s'extasie
De célestes pensers, sublime poésie!
C'est l'heure d'admirer en ce charmant séjour
Tout ce qu'a fait un Dieu dont l'essence est amour!
Adorateur épris de ses œuvres parfaites,
Je bénis en tous lieux la main qui les a faites!
C'est l'heure d'admirer dans toute sa beauté
L'astre amoureux des nuits qui répand sa clarté
Sur le dôme des cieux, plafond impénétrable,
Toujours plein de grandeur, toujours inaltérable.
Laissez-moi contempler, dans leur éclat si pur,
Ces flambeaux éclatants qui décorent l'azur!

. . . .
. . . .
. . . .
. . . .

Ecoute! Point de bruit! Le silence est vainqueur
Tout apparaît ici pour attendrir le cœur.
Seuls, d'aimables oiseaux, auprès de la cascade,
Font entendre parfois leur douce sérénade :
Ils épellent l'amour dans leur divin concert,
Et nous disent d'aimer la Muse qui nous sert!
O source de beautés! ô richesse éternelle!
Nature! je bénis ta bonté maternelle!

> (*Un orage se fait entendre et, au milieu de mille
> éclairs, apparaît une femme, armée d'un glaive
> flamboyant*).

L'INCONNUE, *d'une voix terrible*.

Sous ce Palmier sacré, symbole de l'honneur,
Dont le doux souvenir fait palpiter mon cœur,
Dis, que viens-tu chercher? Dans ce lieu solitaire,
Apprends qu'on ne vient point sans être téméraire!
Ici, c'est un asile aux mortels interdit,
Et nul ne peut le voir pour n'être pas maudit.

LE SOLITAIRE.

De grâce, apaisez-vous! Amant des belles choses,
Tout mon plaisir à moi, c'est d'admirer les roses,
D'encenser la beauté, l'amour et la candeur,
Perles que l'on recherche avec si vive ardeur!
Vois-tu, je suis bien jeune et ma lyre est muette.
Je cherche assez longtemps les secrets du poète....
Mais toi, quel est ton nom? Dis, femme aux longs cheveux,
Aux regards expressifs, faits pour combler mes vœux!
Es-tu reine ou démon? Déesse, ange ou mortelle?
Quelle femme ici-bas peut-on trouver plus belle?
Tout en toi laisse voir une noble fierté,

Sublime encadrement de ta fraîche beauté !
J'éprouve à te bénir une joie inconnue
Qui me saisit le cœur et me trouble la vue !

L'INCONNUE.

Ta réponse me plaît, ô mortel inspiré !
La gloire te suivra comme un rêve doré,
Si tu chantes longtemps l'amour et l'innocence.
Mais après, chante aussi la vertu qu'on encense,
La vierge qui soupire et la fleur qui séduit,
Et la beauté qui brille, et l'honneur qui conduit!
Chante enfin le printemps, dans sa riche parure,
Avec ses fleurs, ses fruits cachés sous la verdure !
A ton âge, où le cœur entrevoit l'avenir
Entouré d'un bonheur qui peut bientôt finir,
Poète, il t'est permis de préparer ta lyre,
Et dans le livre aimé d'apprendre bien à lire !...
Au matin de sa vie il est doux de chanter
Ce que notre raison croit sage d'accepter....
Moi, je ne chante plus, ma lyre est relâchée
Et mon âme languit, de malheurs desséchée....
Autrefois, comme toi, j'accordais l'instrument,
Et pour me seconder j'avais plus d'un amant.

LE SOLITAIRE.

Apprends-moi ce qu'il faut pour saisir l'harmonie
Et ces sons ravissants, langage du génie !
Jusqu'ici mes efforts ont été sans succès,
Car mes chants sur les cœurs n'ont point trouvé d'accès
De toi, j'espère tout, ô reine gracieuse,
Mais es-tu, par hasard, cette Muse joyeuse,
Cet ange de lumière enseignant le bon goût,

Qu'avec un saint respect l'on invoque partout?
Tu portes, je vois bien, des ailes éclatantes,
Un sceptre d'or garni de pierres rayonnantes,
Une robe à longs plis, une auréole au front.
Viens-tu pour m'inspirer? M'apportes-tu l'affront?
Dis, pourquoi lèves-tu cette élégante pique
Que surmonte un bonnet? Quelle est ta vie épique?
Est-ce toi qui conduis la plume du penseur,
Et qui fais du poète un ange de douceur?
Es-tu de l'Hélicon la plus brillante étoile?
Qui mieux que la beauté peut te servir de voile?
Places-tu ton palais au calice des fleurs,
Ou bien sous le palmier, tout humecté de pleurs?
D'où viens-tu? Dis-le moi. Parle sans résistance!

L'INCONNUE.

Mortel! Je cède enfin à ton aimable instance!
Je ne suis pas la Muse habitant l'Hélicon,
Ni l'étoile qu'on voit, tous les soirs, du balcon.
Mais.... Je viens seulement pleurer sur la Patrie,
Haïti mes amours, Haïti ma chérie!!!....
Je voudrais soulager les douleurs de mon cœur,
Et voir par quel moyen j'en puis être vainqueur.
Oui, oui, je veux verser quelques pleurs en silence
Sur ce triste pays, illustré par ma lance!...
Les effroyables maux ont assez affligé
Ce peuple que le sort peut-être a négligé!!!
Quel tableau malheureux offre-t-il à la vue?
Déchire-t-on le sein d'une mère éperdue?
La paix n'est-elle plus ce précieux bonheur
Qu'un peuple doit chercher au foyer de l'honneur?
Est-ce au bruit du canon vomissant la mitraille

Que l'on voit prospérer l'habitant qui travaille ?
La guerre accorde-t-elle un immortel laurier ?
Comble-t-elle d'honneurs l'intrépide guerrier ?
Est-ce le seul moyen d'acquérir de la gloire ?
Dans la désunion trouve-t-on la victoire ?
Pourquoi se déchirer en bêtes sans raison ?
N'êtes-vous pas les fils d'une même maison ?
Pourquoi donc oublier que vous êtes tous frères
Et qu'il est doux de vivre en se montrant sincères ?
Soleil ! comment peux-tu si longtemps éclairer
Ces scènes qu'en tous lieux on aime à conjurer....
Arbre tendre et chéri, Palmier au vert feuillage,
Ai-je tort de pleurer ? Ranime mon courage !

                    (*Elle pleure.*)

Conquête de valeur, ô ma triste Haïti !
Qu'es-tu donc devenu, sol aimable et chéri ?
Fallait-il te donner à ce peuple indocile
Qui fait de ta couronne un pendant inutile ?
Fallait-il te donner sitôt la liberté,
Premier bien des humains, douce félicité !
Qu'as-tu fait de ta gloire, Haïti, noble phare,
Toi qui brillais jadis de l'éclat le plus rare ?
Est-ce à toi de flétrir les éclatants lauriers
Qu'ont cueillis tes héros, intrépides guerriers ?
Songe, songe à ces jours d'éternelle mémoire,
Où tes fils, comprenant la grandeur et la gloire,
Jurèrent devant Dieu de mourir mille fois
Plutôt que d'obéir aux tyranniques lois !!!
Tu parus belle alors, glorieuse et sublime ;
L'étranger t'admirait sans te faire aucun crime !
Tes drapeaux triomphants flottaient sur tes remparts,
Et ton nom grandissait ainsi de toutes parts !

A l'univers entier tu prouvas le courage
Du peuple noir et jaune échappé du naufrage !!!
On espérait partout qu'avec tes bons engrais
Tu pouvais d'un seul bond arriver au progrès !
O déchirante erreur ! ô triste destinée !!
Devras-tu t'éclipser sans être couronnée ?
Faut-il désespérer encor d'un avenir
Qui, de gloire et d'honneur, pouvait tout réunir ?
Oh ! quand finiront donc tes discordes civiles,
Qui rendent tes élans, tes efforts inutiles?
Assez et trop longtemps tu m'arraches des pleurs,
Et mon cœur ne peut plus supporter ses douleurs !
Mon cœur !... Si tu pouvais l'ouvrir en ce lieu même,
Tu verrais à quel point mon amour est extrême,
Puisque je veux t'aimer jusqu'au bord du tombeau,
Marche donc, Haïti, dans un chemin nouveau !

LE SOLITAIRE, *avec émotion.*

Tu m'as touché le cœur, éloquente déesse ;
Tu m'as communiqué ta flamme et ta tristesse !
De la Patrie en deuil tu m'as fait un tableau
Où j'ai vu que la guerre est un bien grand fléau !
Eh bien ! puisque tu vois nos amères souffrances,
Réveille donc chez nous de douces espérances !
Prescris-nous le remède à nous rendre meilleurs,
Afin que nous puissions mériter tes faveurs....
Mais de grâce apprends-moi, femme au divin sourire,
Ton nom mystérieux, que chantera ma lyre !

L'INCONNUE.

Haïti ! le travail enfante le bonheur,
Il procure l'aisance et non le déshonneur !

Si tes nombreux enfants le mettaient en pratique,
Ne deviendrais-tu pas l'orgueil de l'Amérique ?
Verrais-tu la misère et la division,
Ces spectres dégoûtants, flatter l'ambition ?
Apprends à tes enfants à chérir la sagesse ;
On ne peut être heureux qu'en travaillant sans cesse.

LE SOLITAIRE.

Oui, je crois comme toi que le travail peut bien
Accorder à ce peuple et jouissance et bien.
Le Seigneur l'a créé : c'est la loi générale
Imposée à la femme, à l'homme, à la vestale.

L'INCONNUE.

Salut, ô Pétion, Dessaline et Guerrier !
Salut, brave Magny, modèle du guerrier,
Et toi vaillant Lamarre, à la bravoure antique,
Et vous tous, fondateurs de cette République !
Faut-il donc remuer vos ossements poudreux
Pour apprendre à ce peuple à devenir heureux ?
Faut-il donc lui parler de tous vos sacrifices,
De tous vos grands efforts et de vos cicatrices ???
Venez lui reprocher de n'avoir pas compris
Les glorieux travaux par vous seuls entrepris !!
Venez lui demander s'il n'a plus dans ses veines
Le sang de ces héros qui n'avaient point de haines !
Venez lui demander s'il laissera périr
Ce que vous aviez fait sans crainte de mourir !!!
Réchauffez donc son cœur par le patriotisme
Et jetez-y le feu du plus pur héroïsme !
Prêchez-lui l'union ; dites que la vertu
Peut seule relever son courage abattu,

Et que, pour conserver sa noble indépendance,
Il doit chercher la paix, mère de l'abondance.

LE SOLITAIRE.

Déesse, on dit partout que ce peuple naissant
Doit s'éteindre bientôt comme un souffle impuissant.

L'INCONNUE, *exaspérée*.

Non ! ne périra pas ce peuple jeune encore
Que, depuis bien longtemps, je benis et j'adore !
Par de nobles efforts il lui faut arriver
A conquérir la paix qui devra le sauver !
Dussé-je m'engloutir au milieu des ruines,
Entendre profaner le nom de Dessalines ;
Dussé-je encore lancer mon pesant javelot
Et me voir sous les coups du plus affreux complot :
Dussé-je enfin briser mon sceptre et ma couronne,
Il faut bien, Haïti, que l'honneur t'environne !
Sois heureuse, ma fille, à l'ombre de la paix,
Et que l'amour du bien ne te quitte jamais !!!

*Une douce symphonie se fait entendre à l'instant. Des ombres
fugitives et étoilées descendent d'un nuage d'or et entourent
l'Inconnue, couronnée d'une vive auréole. Elle se prosterne
gracieusement devant le Palmier, et, tenant d'une main le
drapeau haïtien, et, de l'autre, une branche d'olivier, elle
chante d'une voix mélodieuse les paroles suivantes :*

(Air : *Soleil, Dieu de mes ancêtres.*)

I

Contractez sainte alliance,
Nobles enfants d'Haïti !
Car sa divine influence
Jamais n'a rien perverti.

Qu'elle soit aussi sincère
Que le serment de vos cœurs !
Sans elle, en vain l'on espère
Le doux laurier des vainqueurs (*bis*).

II

Soyez unis, car la force
Se trouve dans l'union !
La haine, à la dure écorce,
Ne veut que division....
En tous lieux l'on ne progresse
Que sous l'aile de la paix,
Et sans la douce sagesse
On ne profite jamais (*bis*).

LE SOLITAIRE.

Haïti, douce patrie,
Chéris la fraternité !
Sois une terre chérie
Où l'on voit la liberté
Semer, sur son passage,
Richesse, plaisir, bonheur ;
Et que jamais vent d'orage
Ne t'enlève ton bonheur (*bis*).

L'INCONNUE.

Dieu ! fais qu'Haïti prospère,
Et porte ses pas au bien !
C'est en toi seul qu'elle espère
Comme son puissant soutien !

Qu'à l'ombre de la justice
Ses enfants soient réunis !
Et qu'en chassant l'artifice,
Ils vivent toujours unis !!! (bis)

(Elle se relève, les ombres disparaissent.)

LE SOLITAIRE.

Ange sorti du ciel, ô vivante auréole,
Tu me vois à tes pieds, sans force et sans parole.
Tout mon cœur est saisi d'un doux ravissement,
Car tu m'as fait goûter un bonheur si charmant !
On ne saurait te voir sans bénir ta puissance,
Sans deviner aussi ton illustre naissance.
Est-ce Dieu qui t'envoie, en ce jour, aux mortels,
Pour finir leurs tourments qu'ils croyaient éternels ?
O toi qui m'a charmé par le plus doux langage,
Si c'est ta mission, viens conjurer l'orage,
Viens nous cueillir la paix ; viens finir nos douleurs
Et tarir à jamais la source de nos pleurs !
Viens nous faire goûter les fruits de ta morale,
Les fruits de ta leçon, savante et libérale.
Viens donc de la vertu nous rétablir le cours :
Nous mettrons à profit tes sublimes discours !
Viens m'apprendre à chanter ; viens donc, ô mon bel ange,
Je voudrais te donner de l'amour en échange,
Et connaître ton nom, et louer ta beauté.

L'INCONNUE.

Mon nom est *Luména*. Je suis la LIBERTÉ.

II

A ces mots, la Déesse, aussitôt dévoilée,
Prend l'essor radieux vers la sphère étoilée.
Son front est vite orné d'un panache flottant,
Que le mortel prenait pour un disque éclatant.
Sur l'élégant Palmier, elle jette avec grâce
Un de ces longs regards que la douceur enchâsse.
Un ange, à ses côtés, effeuille des lauriers,
Et chante en souriant les noms de nos guerriers!
Tout saisi de frayeur, le jeune solitaire
Tombe alors à genoux, la face contre terre....
De cette vision, il bénit l'Éternel
Dans un acte d'amour, dans un chant solennel!!!

Mars 1869.

COMMENTAIRE

C'était en 1869. Le pays était déchiré par la guerre civile. La torche des représailles était allumée sur tous les points du pays. Les Haïtiens formaient deux camps bien distincts : ici, les *Cacos*; là, les *Piquets*. La fureur était égale des deux côtés.... A chaque moment tombait un frère, un parent, un ami.... On se réveillait au bruit du canon. Le crime avait endurci les cœurs. Tuer n'était plus tuer, c'était *blanchir*. La balle donnait une mort trop prompte; il fallait se servir d'une arme moins expéditive : on eut alors recours à la manchette.

La jeune fille n'était pas respectée.

L'enfant n'était pas épargné.

Le vieillard n'était pas protégé.

Le sang coulait partout.

Horreur !!!...

Qui donc avait pu armer ainsi le frère contre le frère, le fils contre le père, la fille contre la mère ?...

Dans un moment si douloureux, chercher à calmer les partis, parler de paix et de concorde, c'était faire acte de bon citoyen.

J'ai parlé, j'ai plaint l'égarement de mes concitoyens; je leur ai montré la Liberté pleurant solitaire sur les ruines de la Patrie désolée, et je leur ai dit : Frères, assez de sang !...

Ai-je été lu ?

Ai-je été écouté?

Je n'en sais rien.

Je ne sais qu'une chose, c'est que j'ai rempli mon devoir.

Si j'avais du talent, je le consacrerais uniquement à chanter Dieu, la Patrie et l'Humanité. N'en ayant pas, je me contente de dire à mes concitoyens, sur tous les tons :

« Aimez-vous les uns les autres. »

DÉFENSE DE LA CRÈTE-A-PIERROT

(MARS 1802)

A MM. TH. MADIOU, DORCELLY ÉTIENNE

ET

F.-D. LÉGITIME

CHANT PREMIER

« .... Mourir est le sort le plus beau,
« Quand la Liberté plane au-dessus du tombeau. »

(LAMARTINE.)

Descends vite des cieux, Muse immortelle et fière.
O toi dont les grands yeux sont deux flots de lumière!
Montre-toi devant nous superbe de beauté,
Et prends pour nous parler un ton de majesté!...
Descends, Vierge chérie, au milieu de la foudre,
Avec tes vieux lauriers desséchés par la poudre,
Et viens nous retracer les hauts faits éclatants
Qui rappellent les noms de nos vieux combattants!

11

Viens nous conter au long cette grande épopée,
Où nos pères, armés de la terrible épée
Du droit et de l'honneur, luttèrent seuls au haut
Des remparts imposants de la Crète-à-Pierrot, (1)
Méprisèrent la mort que semait la mitraille,
Résistèrent cent fois au choc de la bataille.....
Dis que dans ces moments de cruel désespoir,
Où combattre est un bien, et mourir un devoir,
Où les cris des mourants vous transportent de rage,
Où l'on maudit celui qui manque de courage;
Dis que tous nos soldats, en face du trépas,
Virent la mort venir sans reculer d'un pas!...
Descends, inspire-moi des strophes immortelles !
Viens parfumer mon cœur du parfum de tes ailes !
Viens donc, et qu'au doux bruit de tes nobles accents
Ordonne à nos guerriers des pleurs attendrissants !!!

Dès la pointe du jour, on voyait en présence,
D'une part, une armée, impatiente, immense,
De cinq mille soldats, bien vêtus, bien chaussés,
Et de l'autre, une *bande* où l'on voyait pressés
Cinq cents déguenillés qui, bravant les alarmes,
Ne portaient, la plupart, que des piques pour armes

---

(1) La Crète-à-Pierrot, dit M. Madiou, dans son *Histoire d'Haïti*, est
un fort d'un aspect peu important. Le voyageur qui arrive dans son
voisinage l'aperçoit à peine, et s'étonne qu'une armée européenne ait pu
être arrêtée si longtemps devant cette butte. Au Nord-Ouest de la fortification est le bourg de la Petite-Rivière, et l'Artibonite roule ses eaux
rapides au travers de hautes tiges de roseaux, à deux cents pieds environ de l'éminence..... La fortification est rectangulaire et à redan ; elle
a 100 pieds environ de longueur. Un fossé large et profond l'environne,
et des élévations de terre appuyées contre des pieux entrelacés de lianes
étroitement serrées en forment l'enceinte.

C'était un contre dix! Que dis-je? Un contre cent!
Mais c'était bien aussi le droit, fort et puissant,
Devant l'oppression. Oui, c'était le courage
Devant le désespoir, l'orgueil devant la rage,
La gloire, le renom devant la Liberté.....
Ils voulaient tous mourir ou vivre avec fierté,
Ces preux dont les premiers se nommaient Dessalines,
Magny, Lamartinière!..... Au haut de nos collines,
Sur nos places, partout, proclamons ces grands noms,
Avec un vrai bonheur, par la voix des canons.
Ils ont pu, ce jour-là, fatiguant la Victoire,
Cueillir pour Haïti les lauriers de la gloire.

D'un effrayant combat le signal est donné.
Le fer vomit la mort, et le sol étonné
Veut se creuser d'effroi. La mêlée est terrible.
On tombe, on se relève, on se croit invincible.
Trois fois vont à l'assaut les bataillons français,
Trois fois ils sont vaincus, repoussés et défaits.
Ils reforment leurs rangs. C'est en vain! La mitraille
Les emporte et les brise ainsi qu'une muraille
Ils viennent de nouveau..... mais Debelle est blessé;
Cinq cents des siens sont morts; Devaut est renversé.
Dans leur farouche orgueil, ils sonnent la retraite,
Et jurent de broyer les soldats de la Crête.
Courant épouvantés, ils marchent au trépas,
Et choisissent Pambour pour diriger leurs pas.
Pambour fait mille efforts..... Personne ne l'écoute,
Il renonce à sauver cette armée en déroute.

Couronnez-vous de lauriers,
Grenadiers de la victoire!
En intrépides guerriers
Vous avez cueilli la gloire.

Dieu bénira vos efforts,
Trop malheureux indigènes!
On est toujours grands et forts
Quand on veut briser ses chaînes!

Montrez-vous sur vos remparts
Toujours prêts au sacrifice!
Oui, que vos membres épars
Fassent tonner la justice!

Jamais le sang des héros
Ici-bas, en vain, ne coule.
Il fait trembler les bourreaux
Dont on méprise la foule.

En avant, ô défenseurs
D'une déplorable race!
Frappez fort vos oppresseurs
Avec l'arme de l'audace.

Ne vous découragez pas
Si leur nombre est de dix mille!
Le courage, à chaque pas,
A l'honneur vrai s'assimile.

De vos glaives, ô Monpoint,
Magny, Morisset, Larose,
Frappez fort ! Ne craignez point,
Car sublime est votre cause !!!

Qu'en vous voyant, vos soldats,
Beaux de courroux et de rage,
Signalent dans cent combats
Leur invincible courage !

Héros au cœur de lion,
Menez-les à la victoire !
Parlez-leur de l'union
Qui les couvrira de gloire !

En traits de feu, peignez-leur
Ce que c'est que la Patrie,
Et ce que doit la valeur
A cette mère chérie !!!

Dessalines accourt et dit à ses soldats : (1)
« Eh bien ! préparez-vous à de nouveaux combats !
« Ce que vous avez fait est digne de courage,
« Digne de vos grands cœurs et même d'un autre âge !
« Mais souvenez-vous bien, nos nombreux assaillants
« Sont des hommes de fer, aguerris et vaillants.
« Leurs exploits sont connus et gravés sur la pierre ;
« On les connaît partout où se voit la lumière.

(1) Dessalines n'était pas dans le fort lors de la première attaque.
Il n'y revint qu'après, accompagné de Bazelais, de Lamothe et de
Roux.

« Il reviendront bientôt, et, pour leur résister,
« Il nous faut tout risquer et corps à corps lutter.
« Ciel, qu'importe ma mort pourvu que la victoire
« Accompagne vos pas au sentier de la gloire,
« Et que nos étendards, éclatants de succès,
« Voient courir devant eux les bataillons français !
« Debout ! l'heure a sonné. Le moment est suprême.
« Il faut vivre ou mourir. C'est la mesure extrême.
« Heureux celui qui meurt sous les drapeaux du Droit ;
« Il laisse un nom fameux qui brille en maint endroit
« Soldats ! si parmi vous se trouvent quelques lâches,
« Ils peuvent s'en aller, ces vils cœurs sans attaches,
« Je ne puis conserver pour l'honneur de mes rangs
« Que ceux pouvant combattre et braver les tyrans. »

A ces mots éloquents, Magny, Lamartinière,
Font éclater le feu de leur ardeur guerrière,
Et nos vieux grenadiers au courage exalté
Jettent ce noble cri : *Vive la Liberté !*

CHANT DEUXIÈME

Voici l'aube du jour. Le combat recommence !
Dieu ! quel acharnement ! quel bruit ! quelle démence !
On ne voit plus le fort de la Crète-à-Pierrot ;
La flamme l'environne et rend sanglant l'assaut.
O ciel ! Écoutez donc le sifflement des balles,
La voix des vieux canons, le bruit sourd des timbales !
Voyez ces fiers coursiers, courant épouvantés,

Ces intrépides chefs allant de tous côtés
Ranimer leurs soldats!..... Voyez donc Dessaline
Qui, l'épée à la main, combat sur des ruines!
Plus loin, ses lieutenants fiers de le seconder!
Muse, peut-on vraiment ne pas les admirer?.....
Voyez, voyez pourtant des cadavres sans nombre
Horreur! horreur! horreur!... La guerre est chose sombre,
C'est un triste tableau qui glace de terreur.
On se frappe, on se tient avec même fureur.
On lutte corps à corps dans cette nuit obscure,
On tombe, on se relève..... ô trop triste peinture
Ce n'est plus un combat, c'est un carnage affreux
Où chacun se signale en exploits monstrueux.

Muse, c'en est assez!..... Dépose ici ta lyre,
Car ce triste récit met le cœur en délire ;
Il ne faut plus chanter ce qu'il faut censurer
Dépose donc ton luth! C'est l'heure de pleurer...

. . . .

C'est un sort digne d'envie
De tomber comme un héros,
De quitter gaîment la vie
A l'ombre de ses drapeaux.

Sur les grands champs de bataille
Tout soldat de liberté,
En tombant sous la mitraille
Vole à l'immortalité.

Son nom brille dans l'Histoire
Par les siècles confirmé ;
Et chacun à sa mémoire,
Brûle un encens parfumé.

O jour de deuil et d'alarmes!
O souvenir plein d'effroi!...
Muses, arrêtez vos larmes
Et répétez avec moi :

C'est un sort digne d'envie
De tomber comme un héros,
De quitter gaîment la vie
A l'ombre de ses drapeaux.

Malgré tant d'héroïsme où la rage s'ajoute,
Les Français, de nouveau, sont partout en déroute.
Le général Bondet, bien plus aigle qu'aiglon,
Se présente et reçoit une balle au talon.
Ne pouvant plus combattre il fait choix de Pamphile (1)
Pour diriger l'assaut de la colonne habile.
Ce fougueux général, soldat fier, mais têtu,
En moins de trois quarts d'heure, à son tour est battu.
Il perd cinq cents soldats et prescrit la retraite.
Survient alors Dugua pour venger la défaite.
Sans perdre un seul instant, dans de noirs tourbillons,
Il commande l'attaque à ses fiers bataillons.

---

(1) Pamphile de Lacroix, lieutenant-général baron. Nous avons de lui un ouvrage très intéressant intitulé : *Mémoire pour servir à l'histoire de la Révolution de Saint-Domingue.*

L'assaut est repoussé. Dugua reçoit deux balles,
Et perd trois cents soldats sous les pieds des cavales.
Mais hélas! c'en est trop! Voici venir Leclerc.....
Un biscaïen l'atteint. Soudain, comme un éclair,
Un long sauve-qui-peut, une affreuse déroute,
A nos soldats vainqueurs ne laisse plus de doute.
Ils chargent les fuyards, enlèvent leurs remparts,
Et trouvent la victoire ainsi de toutes parts. (1)

    La nuit arrive,
    Lente et plaintive,
    Sans un doux chant,
    Couvre ce champ
    D'un triste voile.
    Pas une étoile
    Sous l'œil de Dieu,
    Dans le ciel bleu.

On n'entend dans la plaine,
A la brûlante haleine,
Que la voix des mourants
Maudissant les tyrans,
Ou faisant la prière,
En mordant la poussière,
De voir la Liberté,
Sublime de clarté,
Couronner la Patrie,
Objet d'idolâtrie !

(1) Cinq généraux français ont été mis hors de combat. — Immortelle
journée, dit M. Madiou, qui fit dès lors ouvrir les yeux sur Dessalines.

C'est l'heure du repos !
Dormez sur vos drapeaux,
Soldats de la défense !
Le Droit que l'on offense,
Que l'on brise à grands coups,
Est là, veillant pour vous.

CHANT TROISIÈME

Muse, reprends tes chants dictés par la tristesse,
Et finis ce récit qui met l'âme en détresse.
Dis-nous comment ce fort fut pris par les Français,
Après tant de combats entrepris sans succès.

Ne pouvant point d'assaut nous enlever la Crête
Et remporter ainsi le prix de la conquête,
Leclerc, dont la poitrine était comme un volcan, (1)
Lance ces mots : « Soldats, abattez donc ce camp !
« Brisez, détruisez tout par le fer et la flamme !
« Encore un seul effort ! La France le réclame !
« Oui, mourez, s'il le faut, au pied de ces remparts,
« Mais que je voie au moins nos brillants étendards,
« Avant la fin du jour, flotter là, sur ce morne,
« Sur ce vert mamelon, notre invincible borne.
« Soldats ! souvenez-vous que nous n'avons jamais
« Attaqué l'ennemi sans avoir de succès.

(1) Leclerc, beau frère de Napoléon Ier, expira au Cap-Haïtien, le
2 novembre 1802, à l'âge de 32 ans. Lamartinière mourut ce même jour
dans les mornes de l'Arcahaie.

« Allons! que les canons emportent ces masures !
« Avec de révoltés plus de demi-mesures ! » (1)

. . . .

Le sort en est jeté! Couvrons-nous de valeur,
Et s'il nous faut mourir, mourons avec honneur!!!

Oh! comme tu marchais de prodige en prodige,
Lorsque tu combattais sur les bords de l'Adige
Et sur les bords du Rhin, France, berceau des arts,
Foyer du grand, du beau, pétillant de Césars!!!
Quand, seule, tu luttais contre l'Europe entière,
Et que tes bataillons, à la démarche altière,
Ne savaient s'arrêter que pour signer la paix,
Tu fus sublime alors, prodiguant des bienfaits.
Ton nom était chanté, ton étoile était belle.....
La victoire, pour toi, n'était jamais rebelle,
Parce que tu défendais, sans faste, sans fierté,
De tes frères, de tous, la sainte Liberté.
Détruire, est-ce bien? — Non ! — Procure-t-il la gloire?
— Non! C'est mettre le crime en face de l'Histoire.

Mais que vois-je, ô mon Dieu!..... Le fort est-il cerné ?
Cet affreux Rochambeau, quel ordre a-t-il donné?
« Qu'ils soient pulvérisés! Feu ! » Ton ordre est sublime !
Dépêche-toi, cruel, car voici la victime!!!
Vingt pièces de canon, en vomissant la mort,
Disent aux insurgés leur doux et triste sort.

(1) Hardy et Rochambeau furent chargés de l'investissement du fort,
sous la conduite du chef de brigade Bachelu.

Le bruit que l'on entend à la fatale Crête,
— Imposant Sinaï de foudre et de tempête,
D'où devait pour les noirs jaillir la Liberté, —
Et semblable à celui du Vésuve emporté,
Belle de désespoir, notre armée immobile
Gronde l'hymne sacré de l'immortel de l'Isle; (1)
Et, mettant son espoir en la bonté de Dieu,
Elle dit à la vie un éternel adieu.
O tableau ravissant ! O courage héroïque !
Muse, donne des chants à la valeur civique !
La lyre est pour la gloire, et les fleurs pour les morts.
Qui fait bien son devoir meurt toujours sans remords !!!

    La foudre éclate et gronde.
    C'est une nuit profonde
    Où tout est confondu,
    Triste, pâle, éperdu.

    O sanglante bataille!....
    Criblé par la mitraille,
    Qui brise nos soldats,
    Le fort vole en éclats !

    A chaque grande brèche,
    Une voix forte et sèche
    Dit : « C'est beau d'être grands!....
    « Soldats, serrez vos rangs ! »

(1) La *Marseillaise.*

A chaque moment tombe,
Pour assouvir la tombe —
Gouffre béant, affreux, —
Un mortel malheureux.

L'un se jetant sur l'autre
Dans un sang noir se vautre,
Se baigne avec bonheur
Dans l'égout de l'horreur.

Le couteau, las de crimes,
Regardant ses victimes,
Tombe sanglant des mains
De ces gens inhumains.

Les tigres, dans leur rage,
Font moins de ravage
Que ces deux ennemis
Que l'enfer a vomis.

Désarme la vengeance,
O Dieu par ta puissance !
Daigne adoucir les cœurs
Des vaincus, des vainqueurs.

Est-ce donc à ce prix que la gloire s'achète,
O Maître tout-puissant?
Daigne, daigne arrêter cette affreuse tempête
Et ce fleuve de sang!

Muse, ne chantons plus ! déposons notre lyre ;
Brûlons pour nos guerriers et l'encens et la myrrhe !!!

CHANT QUATRIÈME

Enfin, après deux jours d'un vif bombardement, (1)
Où l'orgueil fit *vomir son noir ressentiment*,
Rochambeau s'écria : « Voyez-vous cette crête.
« Soldats? Eh bien! c'est là.....! Vite à la baïonnette! »

Il dit, et les Français, invincibles lutteurs,
Sont déjà parvenus à ces sombres hauteurs.
Là s'engage un combat triste, effrayant, horrible ;
Un combat où la rage est cruelle, inflexible,
Où le choc de l'acier fait jaillir mille éclairs,
Où le monstre vainqueur déchire sa victime,
Où le monstre vaincu dans le sang se ranime.....

On n'entend que des cris poussés par la fureur,
Que la voix du canon, dans cette nuit d'horreur.
Un long ruisseau de sang circulant dans la plaine
Répand des deux côtés la colère et la haine.
— O vous qui voudriez conquérir l'Univers,
Apprenez qu'il n'est point de succès sans revers! —
On voit à chaque pas des cervelles fumantes ;
Des membres hors du tronc, des têtes palpitantes,
Le père près du fils, l'oncle près du neveu !
De mourir en héros n'ont-ils pas fait le vœu?

(1) 16.000 hommes de troupes européennes et 2.000 hommes de troupes coloniales cernaient la Crête-à-Pierrot, que ne défendaient plus alors que 900 hommes.

Quand on n'a plus de glaive, on se prend à la gorge ;
Chaque homme est un étau, chaque souffle, une forge.
Comme deux longs serpents fortement enlacés,
Le vainqueur, le vaincu, menaçants, insensés,
Se serrent en hurlant, roulent dans la poussière,
Et se serrent encore en perdant la lumière.....
Non ! jamais on n'a vu des soldats plus ardents :
Tel a perdu ses bras qui se sert de ses dents.....
Non ! jamais on n'a vu, pour briser un obstacle,
La valeur, le courage, offrir un tel spectacle !
Non ! jamais on n'a vu des soldats valeureux
Verser pour leur pays un sang plus généreux !

O Muse, qui chantes la gloire,
Avec les Filles de Mémoire,
Jette en pleurant de frais lauriers
Sur les restes de nos guerriers !
Rappelle-toi, Vierge chérie,
Qu'ils sont tous morts pour la Patrie,
Et que la sainte Liberté
Veux pour eux l'immortalité.

Tu leur dois ce sincère hommage
Pour leurs vertus et leur courage.
Oh ! si rien n'altère nos voix,
Nous chanterons mieux leurs exploits.
Rappelle-toi, Vierge chérie,
Qu'ils sont tous morts pour la Patrie,
Et que la sainte Liberté
Veut pour eux l'immortalité.

Avec ta touchante éloquence,
O Muse, chante la vaillance,
L'héroïsme, que nos soldats
Ont deployé dans ces combats !
Rappelle-toi, Vierge chérie,
Qu'ils sont tous morts pour la Patrie,
Et que la sainte Liberté
Veut pour eux l'immortalité !

Hélas ! ils ont fermé les yeux à la lumière !
Qu'une urne d'or au moins recueille leur poussière !

Au plus fort de la lutte une femme en haillons,
Aux yeux étincelants, conduit nos bataillons.
Ses pieds sont déchaussés, son épée est brisée,
Et sur ses traits on voit la rage maîtrisée.
Sa voix est un tonnerre..... Elle inspecte les rangs,
Ramasse les blessés, console les mourants !
Ses beaux cheveux épars, son ardente prunelle,
Sa fierté, ses beaux seins, sa jeunesse éternelle,
Ses gestes, son maintien, sa touchante beauté,
Tout nous dit déjà que c'est la LIBERTÉ.
« Contage, ô grand Magny, vaillant Lamartinière ! »
Chante-t-elle avec feu : « La gloire a son calvaire.
« Plus le danger est grand, plus le triomphe est beau,
« Et le soldat qui tombe a la palme au tombeau !
« Quand on meurt comme vous pour venger une race,
« On laisse dans l'histoire une éternelle trace !.....
« Tout était contre vous, mais vous avez lutté,
« Combattu contre tous, noblement résisté.
« Vous avez démontré ce que peut le courage
« De tout homme opprimé, de celui qu'on outrage.

« Gloire éternelle à vous, intrépides guerriers !

« La valeur, sur vos fronts, met ses plus beaux lauriers,

« Vous pouvez maintenant sans honte et sans faiblesse

« Laisser à l'ennemi la noire forteresse.

« Vous êtes, je le vois, remplis d'illusions,

« Mais, hélas ! tout vous manque : eau, pain, munitions. (1)

« Le courage, il est vrai, vous reste en abondance,

« Mais le courage, enfants, s'allie à la prudence.

« Oh ! voyez quel tableau est offert à vos yeux :

« Tant de vaillants Français restés silencieux

« Sur le sol dévorant. Tout mon être tressaille !

« Voyez donc Rochambeau frappé par la mitraille !

« Voyez !.... Ecoutez-moi : je vais bientôt partir.....

« Demain, on fera tout pour vous anéantir,

« Tout... mais ne craignez rien ! Que pour derniers spectacle

« On vous voie en vainqueurs braver tous les obstacles !

« Recevez mes adieux et retenez ces mots :

« Avant moins de deux ans finiront tous vos maux !

« Vos chaînes tomberont n'ayant plus d'équilibre ;

« Vous serez tous vengés, Haïti sera libre !

« *Mil huit cent quatre* au loin s'avance avec fierté

« Pour nous couvrir de gloire et d'immortalité.

« Le Ciel ainsi le veut ! Il n'est jamais d'esclaves

« Sur un sol où le feu n'enfante que des braves. »

La déesse, à ces mots, prend un vol gracieux

Et se perd à l'instant dans la voûte des cieux.

(1) Du 22 au 24 mars, la division mangea du cheval. Les cailloux remplacèrent les balles. Th. Madiou, *Histoire d'Haïti.)*

CHANT CINQUIÈME

Le moment est suprême, il faut quitter la Crète !
Lamartinière, ardent, dirige la retraite. (1)
Il enfonce les rangs, passe sur l'ennemi,
Qu'il renverse à moitié sur le sol affermi.
On dirait un lion. Pour se faire un passage,
Il fait tomber partout, sous les coups de la rage,
Deux cents de ses soldats, valeureux combattants.
On voudrait le cerner, mais il n'en est plus temps.
    conduit les débris de sa vaillante armée
Au bruit du bronze ardent, à la gueule enflammée,
Sans être nullement troublé, déconcerté,
Au pied du morne à pic de la *Tranquillité*.
Poursuivi par Lefèvre, il dresse sa crinière, (2)
Le frappe et le renverse au fond de la rivière. (3)

---

(1) La retraite eut lieu dans la soirée du 24 mars. — A la page 170
du tome II des Mémoires du général Pamphile de Lacroix, on lit : « La
retraite qu'osa concevoir et exécuter le commandant de la Crête-à-Pierrot est un fait d'armes remarquable. Nous entourions son poste au
nombre de p us de 12.000 hommes ; il se sauva et ne perdit pas la moitié de sa garnison, et ne nous laissa que ses morts et ses blessés. Cet
homme était un quarteron à qui la nature avait donné une âme de la
plus forte trempe ; c'était Lamartinière, le même qui s'était mis à la
tête de la résistance du Port-au-Prince contre la division Bondet, et qui,
en plein conseil . avait cassé la tête au commandant de l'artillerie
Lacombe. »

(2) Colonel français très brave ; il commandait la 19e demi-brigade
légère.

(3) Les eaux de l'Artibonite.

A la pointe du jour, les Français obstinés
Pénètrent dans le fort en vainqueurs étonnés.
De rage, ils brisent tout, et d'un courage infâme,
Lancent les prisonniers au milieu de la flamme,
Jettent les morts aux chiens, massacrent les blessés
Et de leurs membres épars remplissent les fossés,
Et voilà !....

Les Français ont forcé la victoire,
Mais les noirs révoltés se sont couverts de gloire.
Sublimes dans la lutte, aucun d'eux n'a failli :
Les premiers ont semé, les seconds ont cueilli.
La France, toujours grande et toujours magnanime,
Prête sa grande voix au peuple qu'on opprime.
Un héros peut parfois la conduire à l'erreur,
Sans lui faire oublier ce que prescrit l'honneur.
Bonaparte, consul, Napoléon-colosse,
Qui voulut tout dompter dans son orgueil féroce,
Lui cueillit des lauriers si dégouttants de sang.
Qu'elle dût les jetter plus tard en rougissant.
Elle a souvent compris dans sa grande noblesse
Que la force s'honore en aidant la faiblesse,
Et que ses étendards, rayonnants de clarté,
Sont ceux du vrai Progrès et de la Liberté !

Haïti, maintenant, c'est bien la *France noire!*
Elle a sucé le lait de la France-Victoire.
Le pays généreux la reçoit dans ses bras
Et promet à jamais de soutenir ses pas.
Qu'avec moi tout répète au nom de l'espérance :
    « Vive Haïti ! Vive la France ! » (1)

(1) Refrain de l'ode de J.-B. Romane, adressée à Charles X.

Qu'elles vivent sans cesse à l'ombre de la Paix
Et marchent toutes deux de succès en succès !

Muse, remonte au ciel. Emportes-y ta lyre !
Ne laisse plus ton souffle exciter mon délire !
Prends ton vol, et qu'au jour de chanter nos guerriers
Je te revoie encore encensant nos palmiers !
Oui, pars ; et que ton âme innocente et bénie
Ne verse dans mon cœur que des flots d'harmonie !!!

———————

Il serait à souhaiter que la Patrie, pénétrée de reconnaissance, élévât a la Crête-à-Pierrot, où l'œil du voyageur ne découvre plus rien aujourd'hui, si ce n'est des canons brisés, enfouis en grande partie dans la terre, des herbes touffues qui donnent abri à mille insectes ; de hauts lataniers, placés de loin en loin comme des sentinelles perdues ; il serait à souhaiter, dis-je, que la Patrie élévât sur ces lieux, à l'ombre d'un Palmier, qu'on y planterait tout exprès, un monument funèbre à la mémoire des braves qui ont trouvé la mort en la défendant durant ces terribles et immortelles journées, et que, pour toute inscription, l'on n'y gravât que ces simples mots :

« Aux braves soldats
morts ici en 1802
pour la cause de la Liberté !!!
Haïti reconnaissante. »

Le pays, certes, doit ce solennel hommage aux mânes de cette bande de héros : honorer la mémoire des anciens serviteurs de la Patrie, c'est mettre en relief le courage civique et la bravoure militaire ; c'est exciter le dévouement, c'est attiser dans les grands cœurs le feu sacré du patriotisme.

Il est bien à plaindre le pays qui n'attache aucun prix au culte du souvenir !....

Décembre 1876.

III

ÉLÉGIES

La plaintive Elégie, en longs habits de deuil.
Sait, les cheveux épars, gémir sur un cercueil.

(BOILEAU.)

———

Muse! aide-moi à jeter des fleurs sur la tombe
de mes parents et de mes amis!...

———

..... J'ai toujours aimé les tombeaux

(F. BATTIER.)

ÉLÉGIES

PRIONS POUR LES MORTS!...

> La religion a pris naissance aux tombeaux,
> et les tombeaux ne peuvent se passer d'elle :
> il est beau que le cri de l'espérance s'élève du
> fond du cercueil.....
>
> (CHATEAUBRIAND.)

Quel est ce lieu sacré, fait d'ombre et de silence,
Où chacun, à genoux, plein de foi, d'espérance,
Sur des restes chéris répand de tristes pleurs?
Où tout vient exhaler ses profondes douleurs,
Où l'oiseau des tombeaux, vieil amant des ténèbres,
Entonne seul, le soir, quelques hymnes funèbres?...
— C'est l'asile des morts, les morts qu'on dit heureux !
    O Muse, prions pour eux !...

Les morts sont nos amis ; donnons-leur nos prières.
Nous devons les aimer comme on aime des frères.
Là-haut, dans les cieux bleus, constamment à genoux,
Font-ils pas des vœux pour la terre et pour nous?
Ils nous suivent partout dans la clarté, dans l'ombre,
Et sont nos vrais gardiens ici-bas où tout sombre...
Voici le champ des morts, les morts qu'on dit heureux !
        O Muse, prions pour eux !...

Ici, sous ce gazon, dort mon bien-aimé père ;
Là-bas, près de ces fleurs, ma sœur et ma grand'mère.
Plus loin, un frère aimé ; plus loin, d'autres parents ;
Partout de chers amis, êtres jadis souffrants...
Sous ces belles-de-nuit, qui vont être fanées (1),
Rêve Rosier Bernard, mort depuis peu d'années... (2)
C'est bien le champ des morts qu'on dit heureux !
        O Muse, prions pour eux !...

---

(1) La belle-de-nuit est, comme chacun le sait, le nom **vulgaire**
du nyctage, faux jalap, dont les fleurs sont quelquefois d'un **rouge**
pâle, ou d'un rouge foncé et d'autrefois d'une couleur **jaune**. Son
parfum est doux et léger.

Elle peut être comparée à une jeune fille qui, craignant d'être
brûlée par l'ardeur du soleil des Tropiques, resterait cachée le
jour, et ne sortirait que la nuit. Comme la violette, elle est l'emblème de la modestie : « La belle-de-nuit, dit Bernardin de Saint-
Pierre, n'ouvre ses fleurs les plus parfumées que dans l'obscurité. »

Ignace Nau, dans un *Sonnet sans défaut*, a chanté cette petite
fleur, léger encensoir de nos cimetières et de nos vertes savanes.

(2) Rosier Bernard, ancien substitut du commissaire du Gouvernement près le Tribunal de Cassation, est mort en cette ville,
le 29 mai 1876, à l'âge de 39 ans. Douceur, probité, attachement,
patriotisme, cœur large, esprit modeste : voilà en un mot le résumé

Rosier Bernard était — et chacun le proclame — ·
De la sincérité la plus vivante flamme.
Son cœur était une urne entr'ouverte à l'amour,
Où le besoin d'aimer s'augmentait chaque jour.
Non, jamais les vertus, que partout l'on renomme,
N'ont cueilli plus de fleurs pour couronner un homme...
O Muse au cœur si pur, ô mon divin appui,
      Sans cesse prions pour lui !...

Muse, quittons ce lieu fait d'ombre et de silence,
Où chacun, à genoux, plein de foi, d'espérance,
Sur des restes chéris répand de tristes pleurs ;
Où tout vient exhaler ses profondes douleurs,
Où l'oiseau des tombeaux, vieil amant des ténèbres,
Entonne seul, le soir, quelques hymnes funèbres :
C'est l'asile des morts, les morts qu'on dit heureux !
      Mais avant, prions pour eux !

Poésie écrite un soir, en revenant du cimetière.

de ses belles qualités. Aussi a-t-il été généralement regretté. J'ai
perdu en lui un ami, un frère, un *alter ego*, que je pleure depuis et
que je pleurerai éternellement ....

    Que Dieu le bénisse et le récompense en raison du bien qu'il a
fait durant son court passage ici-bas...

PLEURS DANS LA NUIT

A MM. ALEXIS-PIERRE ANDRÉ et AUGUSTE PARET

Minuit !.... Et je suis seul avec mon infortune !....
Tout ici-bas, Seigneur, m'ennuie et m'importune.....
Je suis las de pleurer au pied de la Douleur.
Je suis comme un ermite au milieu de ce monde.....
Voyageur sans bâton, je suis le cours de l'onde
    Sous l'aile noire du malheur.

Minuit !.... Et je suis seul..... Tout dort, et moi, je pleure !
Le sommeil passe loin de ma sombre demeure.
Allez, rêves d'amour, pour ne plus revenir.....
Mon cœur est un foyer éteint par la tristesse ;
Il ne contient, hélas ! dans sa grande détresse,
    Que la cendre du souvenir.

Minuit !.... Et je suis seul ! La nature sommeille.
L'oiseau dort, la fleur dort, le flot dort ; seul, je veille !...
Sur le roc du malheur je chante le Destin.....
L'horizon devant moi se montre avec un voile.
Mon printemps fut sans fleurs, mon ciel sans une étoile,
    Mon cœur sans un écho lointain.....

Minuit !.... Et je suis seul !.... Oui, la vie est un gouffre,
Un immense désert pour tout être qui souffre
Et qu'on voit, comme moi, chantant et pleurant seul.....
Dans ce monde, où le sage invoque l'espérance,
On ne peut faire un pas sans trouver la souffrance,
          La croix, la tombe et le linceul.

Oui, je souffre, ô mon Dieu ! Rien ne peut plus me plaire,
Pas même le soleil, la brise, l'onde claire,
Les coteaux, les palmiers et les perles des champs.....
Ma Muse n'ira plus au bord de la ravine,
Ni sous les frais ormeaux de la verte colline,
          Demander des fleurs et des chants.

Brise-toi vite, ô Lyre, autre part de mon âme !
La fille est pour la tombe, et le luth pour la flamme.
Qu'il ne reste de toi pas même un souvenir !....
Chanter, *c'est tenter Dieu* quand la vertu chancelle,
Quand le bonheur s'enfuit, quand le mal nous harcèle,
          Quand nulle voix ne peut bénir.

.   .   .   .
.   .   .   .

Mais qui frappe à ma porte ?.... Oh ! c'est la Poésie !....
Salut, ange d'amour, salut, Muse chérie ;
En te voyant ici, mes yeux n'ont plus de pleurs.....
Vite, prenons la lyre et chantons l'Architecte
Qui bâtit l'Univers ; qui, d'un rien, fit l'insecte.
          Le soleil, l'azur et les fleurs !. ..

1ᵉʳ Novembre 1879.

LES BRAVES SOLDATS DU SUD

A M. MUCIUS P. MONPLAISIR PIERRE

> « Heureux ceux qui meurent
> de la mort des braves. »

I

Filles de Vincendron, laissez couler vos larmes
Sur les soldats tombés au pied de vos remparts !
Chantez ces tristes lieux qu'ont illustrés leurs armes,
Et couvrez de lauriers leurs ossements épars !

Ils étaient vos amis, vos pères ou vos frères,
Et partageaient vos jeux, ainsi que vos douleurs.
Consolez en ce jour leurs malheureuses mères
Qui vont passer leur vie au milieu de longs pleurs !

Ils sont morts, quelques-uns, au bord de la rivière,
Alors qu'ils soupiraient après des jours heureux.....
Et d'autres, dans les bois, ont fermé la paupière,
Sans un témoin ému de leurs tourments affreux.

Surpris dans leur retraite, ils virent ce carnage
Sans pouvoir prononcer d'autres mots que ceux-ci :
« Pays et Liberté, qu'on adore à tout âge,
« Pour vous avoir aimés nous mourons sans souci ! »

Sous le fer, sous le feu, soudain tombent quarante
De ces héros aimés, hélas! Jeunes guerriers !
La patrie est en deuil, et leur donne pour rente
Un tendre souvenir et d'immortels lauriers.

II

O soldats-citoyens, tous grands devant l'histoire,
　　　Parfois il est doux de mourir !....
Quand on meurt sans éclat, on méconnaît la gloire,
　　　Elle que rien ne peut flétrir.

Votre sort est toujours un sort digne d'envie,
　　　Dans les pays de liberté.
Et quel mal de laisser si noblement la vie,
　　　Quand on voit l'immortalité ?

Quand viendra l'heureux jour de douces récompenses,
　　　Vous aurez bien un monument.
On ne fera jamais de trop grandes dépenses
　　　Pour honorer le dévouement !

Aux champs de Marathon, l'on dressa des colonnes,
   Pour les Grecs, héros valeureux ;
Tressons, en attendant, de superbes couronnes
   Pour nos frères, morts malheureux !!!....

Filles de Vincendron, laissez couler vos larmes
Sur les soldats tombés au pied de vos remparts !
Chantez ces tristes lieux qu'ont illustrés leurs armes
Et couvrez de lauriers leurs ossements épars !

25 juillet 1875.

Vincendron est situé entre Baradères et Cavaillon. C'est un lieu dont le nom resterait peut-être ignoré de beaucoup de personnes sans le massacre affreux dont il a été le théâtre le 15 août 1869... On se rappelle qu'à cette époque, la guerre civile promenait sa torche incendiaire sur tous les points du pays ; que des frères, des amis, qui vivaient naguère dans la plus parfaite harmonie, ne se voyaient, hélas ! que pour se donner la mort.

Oui, c'est une horrible chose que la guerre civile !... « Grande et sublime poésie, a dit une fois un de nos publicistes distingués; grande et sublime poésie, quand l'ennemi que l'on combat est un étranger qui envahit le territoire de la patrie; quand l'ennemi n'est pas un frère, mais un homme venu des terres lointaines à travers l'Océan, pour imposer à toute une race le stigmate de l'oppression et de la tyrannie! Alors, point d'arrière-pensées, point d'intérêts individuels, point de calculs mesquins, point de regrets et point de remords. L'intérêt de la patrie menacée rapproche les intérêts qui semblaient jusqu'ici divisés ; les haines s'éteignent, les passions disparaissent et *la nation est debout*. Les mornes sont alors pour nous autant de citadelles inexpugnables où nous lassons l'ennemi autant par notre patience que par notre courage. La faim, la soif, les périls de toutes sortes sont autant de sacrifices

que nous déposons en souriant sur l'autel de la patrie ; car sans
indépendance point de liberté, et sans liberté point d'honneur.

« Mais quand nous combattons contre des frères égarés, quand
l'unité nationale est menacée et que du Nord à l'Ouest souffle le
vent de la division, alors la guerre n'est plus qu'une triste et pénible nécessité. Le canon qui gronde dans le lointain a quelque
chose de douloureux dans le son ; les fronts s'assombrissent, les
regards se tournent vers la terre ; hommes et choses revêtent l'aspect du ciel dans les sombres jours d'hiver, quand la cime des
montagnes se couronne d'une ceinture de neige. La tristesse est
au fond de tous les cœurs, et la justice même, en frappant, est
obligée de laisser tomber des larmes. »

Quelques soldats de l'armée du Sud, sous le commandement du
général Morisseau, d'Aquin, gardaient un poste établi à Vincendron. Un matin, tandis que ces soldats, jeunes gens de 15 à 25
ans, fleurs de l'intéressante jeunesse des Cayes, d'Aquin et de Cavaillon, se baignaient, les uns dans la rivière qui passe non loin
de là ; que les autres se trouvaient dispersés à l'ombre de grands
arbres de la plaine, et qu'ils faisaient tous des vœux pour voir
arriver la fin de ce drame sanglant, ils furent vivement attaqués
par l'ennemi. Est-ce bien le mot ? Malgré tous les efforts qu'ils
firent, tout le courage et tout l'héroïsme qu'ils montrèrent dans
leur résistance à ce choc terrible, ils furent écrasés, impitoyable-
ment massacrés...

Après la bataille on fit l'appel, et l'on trouva que la petite armée
qui avait lutté dans la proportion d'un contre dix pendant trois
longues heures avait perdu une quarantaine de soldats, c'est-à-
dire les quatre cinquièmes de sa force numérique.

Bon nombre de cadavres, emportés par les eaux rapides de la
rivière, ont été retrouvés au milieu des roseaux qui bordent ses
deux rives.

Le voyageur qui passera la nuit par ce lieu, autrefois si doux et
si tranquille, mais aujourd'hui si triste et si plein d'amers souvenirs, entendra un bruit confus qui l'épouvantera, si jamais l'indifférence lui fait oublier que là dorment quarante soldats morts au
service de la patrie ! ! !... En attendant que l'État élève un monument digne de leur bravoure et de leur dévouement, élevons-leur
un simple monument de pierres et inscrivons-y :

Aux valeureux soldats morts à Vincendron !

VELLÉDA

A M. FÉNELON DUPLESSIS

Président du Conseil supérieur de l'Instruction publique.

I

Sous les bambous plaintifs des vallons de la Coupe,
J'allais souvent m'asseoir, autrefois, pour rêver;
Dix-huit printemps versaient le bonheur dans ma coupe
Et sur mon front, des fleurs que les ans vont braver.

J'aimais les bois fleuris, la douce solitude,
La rivière roulant ses cailloux argentés,
Les lieux abandonnés, les charmes de l'étude,
Tout ce qui conduit l'âme à des félicités.

Mon cœur était alors un foyer d'harmonie,
Un temple qu'embaumait le parfum de l'amour.
Je chantais dans mes vers la vertu qu'on renie
Quand elle est un rayon du céleste séjour.

13

La Coupe m'offrait tout, son onde, sa verdure,
Ses sites enchanteurs, ses aimables vallons,
Ses roseaux soupirant leur éternel murmure,
Et ses fruits savoureux et ses verts mamelons.....

Sous ses manguiers en fleurs, je cherchais pour ma lyre,
Quelques strophes d'amour, quelques accords touchants,
Et la brise joyeuse, excitant mon délire,
A ma Muse attentive apportait de doux chants.

Ici pendaient des fruits à leurs branches fleuries,
Des tiges de maïs se balançaient au vent.
Là, c'étaient des jasmins blanchissant les prairies,
Des roses, des *grands-ducs* (1), des lauriers bien souvent.

Partout c'étaient l'éclat et la magnificence
D'un éternel printemps sous un ciel toujours bleu.
Heureux celui qui peut en ces lieux d'innocence
Contempler et bénir la majesté de Dieu !....

J'aimais à respirer l'air pur de la colline
Imprégné du parfum de l'oranger fleuri,
De celui du cafier, dont la branche s'incline,
Pour que ses graines d'or aient toujours un abri.

---

(1) Autre variété de jasmin ayant la forme d'une rose blanche à peine
ouverte. — Ses feuilles sont larges, épaisses et lisses, à peu près comme
celles de l'oranger. Le parfum que répand cette fleur n'est pas moins
suave que celui du jasmin lui-même. — Le *grand-duc* croit, le plus
souvent, dans les broussailles ou au bord de la rivière.

J'étais ravi de voir ces peupliers sans nombre,
Ces palmiers élégants, vrais géants des déserts.
A tous je demandais de la fraîcheur, de l'ombre,
Qui donnaient rendez-vous sous leurs feuillages verts.

J'allais souvent encore au bord de la rivière
Rien que pour contempler le verdoyant cresson ;
Et quand j'avais fini d'arpenter la rizière,
Je regagnais le toit aussi gai qu'un pinson.

Bien en vain j'essayais de gravir les grands mornes,
Que grimpe le cabri dix fois en un moment,
Que des enfants, pieds nus, silencieux et mornes,
Pour prendre des oiseaux, escaladaient gaîment.

Que le passé soit fait de joie ou de tristesse,
Il est doux au poète encore d'y penser.
Ne fuis pas, ne fuis pas, souvenir de jeunesse,
Et que rien dans mon cœur ne te puisse effacer !

II

Je me souviens qu'un jour, assis au pied d'un chêne,
Le front triste, assombri, voilé par la douleur,
Je songeais à la vie, à cette lourde chaîne
Que l'homme doit traîner sous le fouet du malheur,
Quand j'ai vu, dirigeant ses pas vers la rivière,
Une enfant qui n'était que grâce et pureté.

Elle suivait gaîment le long de la lisière,
Ignorant à coup sûr son âge et sa beauté.
Ses beaux yeux révélaient la candeur de son âme,
De ce foyer divin où l'amour est si pur.
Elle était comme un ange environné de flamme,
Qui regarde le monde avec des yeux d'azur.
Ses lèvres, tendre fleur, couleur de caïmite,
Ses cheveux longs et fins, son élégant contour
L'incarnat de son front que nul pinceau n'imite,
Tout en elle était fait pour enchaîner l'amour.
Pourtant, en la voyant, on voyait l'innocence.
On se sentait saisi de crainte et de respect.
Telle est de la vertu la force et la puissance
Que l'on tremble toujours à son divin aspect.
Sous les haillons ou non, il faut bien qu'on l'admire,
Car elle porte au front une auréole d'or;
Son parfum est plus pur que celui de la myrrhe,
Et devant l'Eternel elle vaut un trésor.
Après l'avoir longtemps admirée en silence,
J'ai senti le besoin de connaître son nom,
Celui de ses parents, le lieu de sa naissance,
Et d'entendre surtout son aimable jargon.
« Velléda, — c'est son nom me dit-elle avec grâce ;
« Ma maison est non loin de cet abricotier
« Que vous voyez là-bas dans ce petit espace.
« C'est un vieil ajoupa perdu dans le sentier.
« Nous sommes cinq enfants, et moi, j'en suis l'aînée.
« Notre père est infirme, il ne peut plus marcher.
« Notre mère est allée — ô triste destinée ! —
« Au champ où l'on ne peut jamais l'aller chercher.
« A ses tendres enfants le bon Dieu l'a ravie.
« Du sommeil éternel elle dort pour toujours.....

« Oh ! laissez-la dormir, car trop triste est la vie,

« Trop grande est la douleur, qui nous suit tous les jours.

« Vers ces bords qu'elle aima, son âme parfumée

« Vient quelquefois rêver au milieu des concerts

« Que font les *pipiris* à l'heure accoutumée,

« Dans les manguiers si frais, aux feuillages si verts.

« Je l'ai vue une fois couverte de lumière :

« Elle était prosternée au pied de cette croix.

« Sans doute elle faisait à Dieu douce prière

« Pour ses petits enfants exposés dans les bois.

« Nous sommes pauvres, nous ; nous n'avons qu'une vache :

« Elle donne du lait qui nous fait subsister ;

« Et, de plus, un jardin où notre bras arrache

« Ce qu'avec de l'argent il faudrait acheter.

« Je sers de bonne encore à mes sœurs en bas âge.

« L'espoir de tous les miens, c'est moi, dans la maison.

« Qui donne du bonheur en montrant mon visage,

« Ou bien en leur chantant quelque aimable chanson.

« Ainsi nous oublions que la vie est amère,

« Que le sort qui nous frappe est un sort rigoureux,

« Qu'il ne nous reste plus les douceurs d'une mère ;

« Que l'avenir sera plus ou moins douloureux.

« La paix est avec nous dans notre humble chaumière,

« Et nous laissons à Dieu le soin du lendemain.

« Nous trouvons au réveil quand paraît la lumière

« Les épis et les fleurs qu'il répand de sa main. »

III

Tandis qu'elle parlait, je sentais quelques larmes
S'échapper de mes yeux. Je restai confondu,
Ne pouvant que bénir, en contemplant ses charmes,
Un si grand dévouement sur ses traits répandu.
Dans l'ombre je l'ai vue de suite disparaître,
Derrière les bambous, comme un ange d'amour.
Elle allait ramasser pour son père, peut-être,
Quelques-uns de ces fruits tombés avec le jour.

. . . .

. . . .

Il ne reste aujourd'hui de la pauvre cabane
De ces gens malheureux qu'un léger souvenir.
Ils sont tous morts depuis..... Rose de la savane,
Velléda n'a vécu que pour trop tôt finir!!!

IV

Si de vos yeux, lecteur, s'échappent quelques larmes,
Si ce faible récit a pu vous émouvoir,
Si de l'humble vertu vous chérissez les charmes,
Pensez à cette enfant, morte au pied du devoir !...

Que le passé soit fait de joie ou de tristesse,
Il est doux au poète encore d'y penser !
Ne fuis pas, ne fuis pas, souvenir de jeunesse,
Et que rien dans mon cœur ne te puisse effacer !

14 avril 1875.

COMMENTAIRE

La Coupe ou Pétion-Ville est située au sud-est de Port-au-Prince, à deux lieues environ de distance. Elle est sur une élévation d'environ deux cents toises au-dessus du niveau de la mer.

Comme Jérémie et saint Marc, que deux de nos *sambas* ont chantés, la Coupe est un séjour agréable, une petite ville de poète. — Si, comme cette dernière, elle n'est pas couchée majestueusement au bord de la mer, elle est au moins au pied des montagnes, la tête couronnée de fleurs, semblable à une *habitante* jeune, belle et coquette, qui rêve d'amour au bord du grand chemin.

L'air qu'on y respire est frais et parfumé.

Dans la saison des fortes chaleurs, les gens de la ville y vont passer l'été. C'est notre *Neuilly* à nous. Ce lieu est célèbre pour avoir été témoin de la grande victoire remportée sur les Anglais, par Pétion, en 1798.

« La situation de cette ville, dit M. Beaubrun Ardouin dans sa *Géographie d'Haïti*, à laquelle la reconnaissance nationale a fait donner le nom de l'illustre fondateur de la république, offre encore l'agrément d'une vue délicieuse : au Sud, on voit la montagne du Grand-Fond, sur laquelle sont les forts *Jacques* et *Alexandre*, construits sous l'empereur Dessalines ; on aime à fixer ses regards sur les citadelles où sont mis en dépôt des moyens de résistance contre l'invasion étrangère. Les sommités qui environnent Pétion offrent la facilité de fortifier cette ville avantageusement. A l'Est, on découvre une partie des montagnes de Bellevue et des Grands-Bois, et le lac d'Azuei situé entre ces deux dernières et les montagnes du Fond-Parisien..... »

A quelques lieues plus haut de la Coupe, dans les mornes, se trouve l'habitation *Kenscoff*, le quartier des pêches. C'est notre *Montreuil. Divisæ arboribus patriæ.*

Là règne un printemps qui se renouvelle à chaque soleil. De décembre à mars, le froid qu'on y éprouve est rigoureux. Au milieu des beautés sans nombre, des panoramas grandioses et imposants qui se présentent à la vue, le cœur est frappé d'admiration... Là, tout est silence et recueillement: l'âme, se repliant sur elle-même, s'y livre aux plus douces méditations.

Quand on a visité ces beaux lieux, contemplé le luxe de cette nature merveilleuse et éblouissante, et qu'on s'est promené à l'ombre des arbres majestueux qui s'y trouvent, on est tenté de croire que c'est pour eux que Virgile a écrit ces beaux vers :

> « Hic ver assiduum at que alienis mensibus œstas,
> « Bis gravidæ pecudes, bis pomis utilis arbos.
> « At rabidæ tigres absunt, et sæva leonum
> « Semina; nec miseros fallunt aconita legentes;
> « Nec rapit immensos orbes per humum, neque tanto
> « Squameus in spiram tactu se colligit anguis. »

(Les Géorgiques, livre IV, v. 149 à 154.)

« Ici règne un printemps éternel, et l'été s'y fait sentir en des mois qui ne sont pas les siens. Deux fois les brebis y sont mères; deux fois les arbres se chargent de fruits. On n'y trouve ni les tigres pleins de rage, ni la race des lions sanguinaires. Le poison ne trompe pas la main innocente qui cueille l'herbe des champs, et jamais on n'y voit de serpent traînant à terre ses anneaux écailleux, rouler et dérouler en immenses spirales sa croupe tortueuse. »

Velléda n'est pas un être de raison; elle a existé. J'ai changé seulement le nom de cette nouvelle Antigone.

SUR LA MORT DU JEUNE G. B. L.

ÉLÈVE DE L'ÉCOLE NATIONALE GRÉGOIRE

Décédé à l'âge de six ans.

> Quand on est pur comme à ton âge,
> Le dernier jour est le plus beau.
> (RENOUL.)

Le ciel, épris de ta blancheur de cygne,
De ta beauté, de ta douce candeur,
T'appelle à lui. Regarde! Il te fait signe...
Va donc, enfant, c'est bien pour ton bonheur.

N'hésite pas à partir, ô bel ange !
Car ici-bas l'on voit trop de méchants.
Là-haut, l'on goûte un bonheur sans mélange,
Et l'on n'entend que des accords touchants.

Heureux qui meurt sans haine et sans envie :
Il est chanté dans un hymne d'adieu...
Heureux qui meurt au matin de sa vie,
Il est chéri des anges et de Dieu !

Quitte en riant cette existence amère,
Ange d'amour, qui n'as jamais menti !
Va prier Dieu pour ton aimable mère,
Pour tes parents et pour notre Haïti !!!

A UNE MÈRE

QUI NE VOULAIT PAS SE CONSOLER DE LA PERTE DE SON FILS.

Mère! pourquoi pleurer? Cesse tes cris étranges!
La mort, a dit un sage, est le soir d'un beau jour.
Ton enfant avait peur de notre noir séjour :
Car la terre est pour nous, et les cieux pour les anges.

1873

L'OMBRE D'ALEXANDRE PÉTION

Admonet, et magnâ testatur voce per umbras.
ÉNÉIDE.

A MESSIEURS LÉLIO DOMINIQUE, MESMIN LAVAUD

ET

AURÈLE CHEVRY (1)

Il est deux heures du matin. Le temps est magnifique. D'innombrables étoiles décorent les cieux. La lune, en se promenant solitaire dans les champs azurés comme une amante désolée, déroule sa longue chevelure, qui laisse tomber une poussière d'argent sur les branches des arbres que balance mollement le vent d'est. Par intervalles, le silence est troublé par le chant martial du coq, et le *qui-vive* d'une sentinelle, veillant au pied du Palmier qui ombrage le tombeau d'Alexandre Pétion, placé non loin des ruines de l'ancien Palais National.

Le père de la République, descendu des demeures sereines, déplore ainsi les maux de la Patrie :

« Salut, ô mon pays, terre de liberté !

« Salut, noble Haïti, chère et belle patrie !

« Salut, brillant Palmier, si plein de majesté,

« Toi, fier contemporain de notre autonomie !

(1) Aurèle Chevry vient de mourir. On ne peut trop regretter cet intéressant jeune homme, poète aimable, critique judicieux, écrivain élégant, fils dévoué et soumis, époux fidèle, ami tendre et sincère. Il a laissé, avec un charmant recueil de poésies, de nombreuses compositions en prose que ses parents feraient bien de livrer à la publicité.

« Salut, ô ciel si pur, que j'ai toujours aimé !

« Salut, ô clairs ruisseaux à l'argentin murmure!

« Salut, monts verdoyants, au souffle parfumé,

« Et vous tous, vieux remparts créés par la nature!

« Le Seigneur m'a permis, en ce jour de bonheur,

« De venir vous parler, de revoir cette terre,

« Qui vit tomber jadis pour la gloire et l'honneur

« Tant de vaillants héros, nobles de caractère...

« Des héros dont le sang utile et généreux

« A noyé l'esclavage et scellé la victoire ;

« Des héros, des soldats, dont les bras valeureux

« Ont cueilli mille fois les palmes de la gloire!...

« Mais pourquoi tout d'un coup je me sens attristé?

« Mais pourquoi de longs pleurs mouillent-ils ma paupière?

« Et pourquoi ma tristesse a chassé ma gaîté?

« Qu'aperçois-je là-haut? Quelle affreuse poussière?...

« Lorsque je viens m'asseoir à l'ombre du palmier,

« Ce symbole éclatant de notre indépendance ;

« Lorsqu'à mon cher pays, où j'étais le premier,

« Je viens prier le ciel d'accorder l'abondance,

« Devrais-je avoir le cœur brisé par la douleur !...

« Qui m'agite à ce point? Nul ne pourrait le dire !

« Le compagnon de l'homme, est-ce toi, noir Malheur?...

« Oh ! ne blasphémons pas... Blasphémer, c'est maudire !

(Cherchant du regard le Palais National et ne
trouvant que des ruines.)

« Où donc est l'édifice, à la fois somptueux,

« Élégant et coquet, qui décorait la place ?

« Où donc est ce palais au toit majestueux,

« Que nous avions construit pour vous laisser la **trace**

« De notre souvenir? Qu'en avez-vous donc fait,

« O chers concitoyens, dignes de Dessalines?...

« Tombeau mystérieux, apprends-moi ce forfait...

« Dis ce qu'est devenu... Tais-toi, car ces ruines,

« Ces débris palpitants font trop mal à mon cœur.

« Ils me peignent l'horreur de la guerre civile,

« Monstre altéré de sang, au sourire moqueur.

« Combien je te déplore, ô malheureuse ville,

« Théâtre de valeur, témoin de tant d'exploits,

« Port-au-Prince, berceau de ma pénible enfance !

« J'aime encore tes débris, bien que sourds à ma voix :

« J'éprouve du plaisir à bénir ta souffrance.

« Au lieu de te revoir riche de monuments,

« Imposante d'aspect et vive d'allégresse,

« Je te retrouve, hélas ! n'ayant pour ornements

« Que des restes empreints de deuil et de tristesse !

« Quel silence de mort dans ce lieu ténébreux

« Qu'animait autrefois la fanfare guerrière !...

« O terribles leçons ! O destin rigoureux !

« Homme, qui te crois grand, tu n'es rien que poussière :

« Tu fais des grands projets, tu bâtis des châteaux

« Que le temps brisera d'un seul coup de son aile.

« Tout périt ici-bas, l'homme, les végétaux...

« La gloire qu'on recherche est loin d'être éternelle.

« Le bien seul que l'on fait laisse son souvenir,

« Qui vivra plus longtemps que l'acier ou le marbre.

« Haïti, cher pays, laisse-moi te bénir

« Par les pleurs que je verse au pied de ce grand Arbre.

« Laisse-moi te chanter, te louer, t'encenser,

« Te couvrir de baisers, de lauriers et de roses...

« Patrie !... O que ce mot est doux à prononcer !

« Patrie... O que ce mot couvre de grandes choses !

« Haïti, gloire à toi, terre de liberté !

« Haïti, dont le nom me remet à la vie,

« Je te vole la gloire et l'immortalité !

« Marche, vole une fois où l'honneur te convie !

« Soyez toujours unis, ô chers concitoyens !

« L'union, c'est la paix, l'union fait la force.

« Pour devenir heureux, il est mille moyens

« Dont on peut se servir, et que le temps renforce :

« Chérissez la vertu, source du vrai bonheur,

« Honorez le travail, qui procure l'aisance,

« Suivez les saintes lois que proclame l'honneur,

« Exterminez le vice et frappez la licence !!!

.   .   .   .

.   .   .   .

Je pars. Adieu pays, terre de liberté !

Adieu, noble Haïti, chère et belle Patrie !

Adieu, brillant Palmier, si plein de majesté !

Adieu, ruisseaux, ciel bleu, objets d'idolâtrie !

Pour vous voir, vous bénir, je reviendrai souvent

M'asseoir comme aujourd'hui sur l'or de ta poussière.

Je vais prier le ciel dans un hymne fervent

De répandre sur vous ses dons et sa lumière !...

Il disparait dans un nuage d'or.

15 septembre 1875.

COMMENTAIRE

« Anne Alexandre, connu sous le nom de Pétion, vit le jour au Port-au-Prince, rue de la Révolution, alors rue d'Orléans, le lundi 2 avril 1770; et, par un heureux augure, ce jour, c'était l'anniversaire de la fête de saint Vincent de Paule, si célèbre pour son dévouement à l'humanité. Il naquit de l'union naturelle de M. Pascal Sabès, *blanc*, et de la dame Ursule, *mulâtresse*. Quoiqu'il fût *quarteron*, espèce de sang-mêlé, dont l'épiderme est ordinairement blanc, il vint au monde si noir, qu'avec ses cheveux lisses on eût pu le prendre pour Indien...

« Anne Alexandre n'avait que soixante-un jours, lorsque le 3 juin, un affreux tremblement de terre vint faire du Port-au-Prince un monceau de décombres. A la première oscillation, la maison de M. Sabès chancela et menaça de s'écrouler. M. Sabès se saisit de la jeune Suzanne (sœur du jeune Alexandre), prend de l'autre main la dame Ursule et s'élance dans la rue. Les autres gens de la maison suivent, éperdus, l'exemple du maître.

« Une tante d'Alexandre, qui, d'ordinaire, veillait sur lui, égarée, hors d'elle-même, oublie son nourrisson et se précipite aussi dans la rue; mais, à quelques pas, le souvenir de cet enfant pour lequel elle avait tant de sollicitude revient à sa pensée. Aucun danger ne peut arrêter son dévouement; elle se fraye un passage à travers les meubles renversés; elle est au berceau de l'enfant, elle l'enlève. Elle regagnait à peine la rue, quand tout le corps du logis, broyé par le fléau, s'écroula avec fracas. »

(*Pétion et Haïti*, tome Ier, par Saint-Rémy, des Cayes.)

Le nom du grand homme que je chante et qui sera chanté par les générations à venir, se retrouve dans les actes les plus importants de notre histoire nationale. Le héros prit part à toutes les guerres de notre Indépendance et eut l'honneur de gouverner l'Ouest tandis que Christophe régnait dans le Nord. Il eut pour lieutenants des généraux tels que Lamarre, Borgella, Lys, Gédéon

14

Marion, etc., etc. Par son esprit d'ordre, de justice et de modération, par sa politique sage et habile, plus heureux que le chef du Nord et tant d'autres après lui, il sut mériter de ses concitoyens le titre flatteur de *Père de la patrie*

« Il ne fit couler des larmes qu'à sa mort, » qui arriva le 29 mars 1818. Il était alors âgé de 48 ans. Ses restes, ainsi que ceux de sa fille, Célie, sont déposés dans un tombeau placé vis-à-vis de l'ancien Palais National.

Il eut pour successeur le président J.-P. Boyer, qui, après avoir gouverné tout le pays durant vingt-cinq années (1818 à 1843', eut le malheur de suivre le long chemin de l'exil et de fermer les yeux loin de sa patrie.

Le portrait d'Alexandre Pétion se trouve au Palais de la représentation nationale, avec ceux de Philippe Guerrier, Wilberforce, l'ardent abolitionniste, et John Brown, le martyr et le héros de Harper's Ferry.

Le gouvernement du président Michel Domingue avait conçu l'idée d'élever un Panthéon pour perpétuer le souvenir de nos grands hommes. La première pierre de cet édifice fut posée le 18 octobre de l'année passée (1875'. M. Th. Madiou, alors secrétaire d'État de l'instruction publique et des cultes, chargé de porter la parole en cette circonstance, termina son discours, qui fut plus d'une fois applaudi, par les paroles suivantes :

« ..... Messieurs, quand ce monument dont nous posons aujour-
« d'hui la première pierre, aura été dressé, S. Exc. le Président
« d'Haïti, Michel Domingue, qui voue un culte ardent aux fonda-
« teurs de l'Indépendance, y fera célébrer une cérémonie natio-
« nale à laquelle assistera le peuple haïtien, représenté par des
« députations de tous les arrondissements de la République; les
« restes de Dessalines et ceux de Pétion y seront solennellement
« transférés, et ces deux principaux héros de l'Indépendance, repo-
« sant l'un près de l'autre, formeront le symbole de notre union
« indissoluble. »

A MA SŒUR

MARIE-ÉLIZABETH-ÉVÉLINA BATTIER

Décédée à Saint-Marc le 20 février 1868.

> Elle a passé comme la fleur des champs
>
> (***)

Muse, cesse tes chants, viens pleurer avec moi
Sur les restes chéris d'une sœur bien-aimée !
Bien jeune elle a subi la rigoureuse loi,
Dont toute âme chrétienne est loin d'être alarmée.

Bien jeune elle a quitté ce monde ténébreux
Pour voler comme un cygne à la sphère éternelle.
Elle a paru, chantant un couplet douloureux,
Pour laisser sur la terre une vive étincelle....

Son cœur n'était, hélas ! qu'un foyer de bonté,
Un temple où la prière encensait l'innocence.
Elle avait cultivé la foi, la charité,
Pour en montrer la force et la magnificence.

Sensible par nature, elle avait dans ses yeux
Des pleurs pour l'indigent, des pleurs pour l'infortune.
Comme un ange de paix, elle venait des cieux
Pour donner le remède à la douleur commune.

Quand on voit s'en aller un être si charmant,
Un naturel si grand, une bonté si rare,
Un cœur qui distillait le miel du dévouement,
On ne peut réfléchir sans que l'esprit s'égare.

Vents du soir qui rendez le bambou frémissant,
Zéphyr qui caressez la fleur suave et pure,
Gais oiseaux qui charmez le tombeau repoussant,
Ruisseaux qui soupirez sous la douce verdure,

De ma sœur, ô vous tous, respectez le sommeil !
Oh ! laissez-la dormir du sommeil de la tombe !
Oui, laissez-la dormir jusqu'au jour du réveil,
Car le Seigneur a dit : J'ordonne que tout tombe !

. . . .

Ma sœur, te souviens-tu de ces joyeux propos
Que nous tenions ensemble autrefois dans la plaine,
A l'ombre des manguiers, où passaient les troupeaux,
Et du campêche en fleurs à l'enivrante haleine?

Te souviens-tu, dis-moi, de nos doux entretiens,
Des pleurs que nous versions en riant sur la mousse,
Des fleurs que nous cueillions et qui faisaient nos biens,
De ces rêves dorés que nul cœur ne repousse?...

Un jour, — te souviens-tu, — dansant sur le gazon,
De m'avoir dit gaîment de ta voix enfantine :
« Lorsque nous serons grands, n'aurons-nous pas maison
Le bonheur, n'est-ce pas ce que Dieu nous destine ? »

Oui, le Seigneur est bon ; mais le bonheur n'est pas
Où veillent les méchants, où vit la médisance.
La douleur est toujours ce qu'on voit ici-bas,
Et l'on ne peut jamais éviter sa présence.

Dans la sainte Maison où tu vis maintenant,
Dis, peux-tu regretter d'avoir quitté la vie?
Regarde comme ici le vice est éminent,
Et comme tout s'abat sous les coups de l'envie !

Le chagrin nous assiège en sortant du berceau.
Nous rêvons, nous chantons au sein de la souffrance.
Après mille tourments nous marchons au tombeau,
Où se glisse peut-être un rayon d'espérance.

O ma sœur, tendre sœur, objet de mon amour,
Puisqu'il manquait au ciel une voix tendre et pure
Pour chanter l'Éternel, et le soir et le jour,
Chante et jouis du prix que la vertu procure !

O ville de Saint-Marc, que je porte en mon cœur,
— Puisque d'Evélina tu conserves la cendre, —
Prends soin de ce dépôt d'une immense valeur,
En attendant le jour où je dois le reprendre !...

Vents du soir qui rendez le bambou frémissant,
Zéphyr qui caressez la fleur suave et pure,
Gais oiseaux qui charmez le tombeau repoussant,
Ruisseaux qui soupirez sous la douce verdure,

De ma sœur, ô vous tous, respectez le sommeil !
Oh ! laissez-la dormir du sommeil de la tombe !
Oui, laissez-la dormir jusqu'au jour du réveil,
Car le Seigneur a dit : « J'ordonne que tout tombe ! »

Muse, reprends ton luth ; viens chanter avec moi
Les vertus d'une sœur à jamais regrettée.
Elle est allée au ciel sans peine et sans effroi
Chercher la récompense ici-bas méritée !!!...

    21 juillet 1875.

C'est une amitié bien pure et bien douce que celle de la sœur pour le frère et du frère pour la sœur. On l'a toujours compris, et des plumes exercées ont déjà fait ressortir cette vérité. Cette amitié est encore plus pure et plus douce lorsque les deux cœurs qui en sont pleins sont capables de sentir toute la force de cette sainte affection.

Je devais cet hommage à la mémoire de cette excellente sœur, que la mort est venue trop tôt enlever à notre amour. Si je n'ai pas pu, dans ces vers, faire passer tous les sentiments de regret que j'ai éprouvés et que j'éprouve encore en cette douloureuse circonstance, j'ai au moins la consolation de savoir que je les ai tracés, les larmes aux yeux, un soir où, réfléchissant sur la fragilité de la vie humaine, je pensais à tous ceux de mes parents et de mes amis qui dorment du dernier sommeil..... Il est de ces heures solennelles où l'homme, comprenant sa faiblesse et la grandeur de l'Être suprême, se détache de ce monde matériel, et, sur les ailes de l'Espérance, prend l'essor vers les cieux, où il croit rencontrer tous ceux qui l'ont précédé dans le mystérieux voyage...

Dans ces stances, j'ai laissé parler mon cœur. Je n'ai voulu que pleurer, parce que je sais que les larmes, comme l'affirme un poète de l'antiquité, ont aussi leur volupté. *Est quædam flere voluptas.* Lamartine a dit dans les pages attendrissantes de *Graziella* :

« Il y a plus de génie dans une larme que dans tous les musées et dans toutes les bibliothèques de l'univers. L'homme est comme l'arbre qu'on secoue pour en faire tomber les fruits : on n'ébranle jamais l'homme sans qu'il en tombe des pleurs. Le sublime lasse, le beau trompe, le pathétique seul est infaillible dans l'art. Celui qui sait attendrir sait tout. »

Je ne sais pas si j'ai attendri, mais je sais que j'ai pleuré, et que je pleurerai toujours cette sœur chérie, modèle de douceur, de bonté et de dévouement !...

Paix à sa mémoire !!!

STANCES

Eh bien ! c'en est donc fait, ô mon bien-aimé père,
    Objet de mes tendres amours !
La mort, monstre inhumain, au front pâle et sévère,
    A tranché le fil de tes jours....

Mais puisque c'est Dieu seul qui retire et qui donne,
    Selon sa sainte volonté,
Qui juge en souverain, qui punit, qui pardonne,
    Et qui règle l'éternité :

Mais puisque c'est ce Dieu qui veut bien que tout tombe,
    Depuis l'enfant jusqu'au vieillard ;
Qui garde pour lui seul les secrets de la tombe,
    Et frappe ou plus tôt ou plus tard,

Je dois me consoler d'une perte si grande,
    N'ayant pas droit de blasphémer.
Mais du matin au soir il faut que je répande
    Des pleurs propres à calmer,

Ils sont bénis les pleurs qui mouillent la paupière
    D'un fils tendre et reconnaissant.
L'Éternel les recueille au nom de la prière
    Dans un vase d'or ravissant.

  . . . .

Dans le fond de mon cœur, ton image chérie
    Sera gravée à tout jamais.
Ton nom sera l'objet de sainte rêverie,
    D'un long deuil, d'éternels regrets.

J'irai souvent m'asseoir sur le gazon humide
    Qui recouvre tes ossements,
Là, le front dans la main, rêveur, triste et timide,
    Je passerai de longs moments.

Je répandrai des fleurs sur ta tombe adorée;
    J'y verserai surtout des pleurs.
Par là j'apaiserai ton ombre vénérée,
    Et te chanterai mes douleurs.

Je viendrai te parler bien souvent de ce monde,
    Où chaque pas mène à l'erreur.
Je te dirai comment le vice, esprit immonde,
    Nous fait, hélas! rougir d'horreur.

  . . . .
  . . . .

Adieu! Reçois les chants d'une Muse plaintive,
    Qui te doit la flamme et le jour.
Veille sur tes enfants qui marchent vers la rive
    Du redoutable et noir séjour!

Mars 1875, 11 heures du soir.

COMMENTAIRE

Mon père, Jean-Baptiste-Eustache-Fleury-Louis Battier, reçut le jour au Port-au-Prince, le 23 janvier 1821, trois ans environ après la mort de l'illustre A. Pétion. Il était fils du colonel Louis *Battier*, ancien aide de camp du président J.-P. *Boyer*, et de la citoyenne Marie-Ursule-Mélanie *Arlequin*, native de Jérémie.

Issu de parents pauvres, illettrés, mais honnêtes et vertueux, mon père, avec ses bonnes dispositions, ne tarda pas à devenir l'idole de sa famille. Il ne sera pas peut-être déplacé de le comparer à une fleur odoriférante qui a pris naissance au milieu d'un épais buisson. Mis à l'école de bonne heure, le jeune Battier, sage, soumis et studieux, n'eut pas de peine à se faire remarquer de son maître, qui l'aima passionnément et lui prodigua dès lors les soins les plus assidus. L'écolier grandit ainsi, fit de rapides progrès et entra au Lycée national où l'avait envoyé le président Boyer : c'était là une véritable faveur accordée au jeune élève, ou plutôt à sa famille ; car, à cette époque, ce n'était pas sans peine qu'on parvenait à placer un enfant dans cet établissement supérieur.

Devenu jeune homme, il songea à travailler et à se créer une famille. Sur le vœu de son père, il embrassa la carrière commerciale, pour laquelle il n'avait cependant aucune inclination. Il entra donc comme teneur de livres dans la maison Jacquemont, de cette place. Après quelques années d'un travail sec et improductif pour l'esprit, il finit par se dégoûter complètement du commerce, et conçut l'idée de suivre de préférence la carrière épineuse et trop souvent ingrate de l'enseignement.

La direction de l'école rurale de Carrefour était alors vacante ; il concourut et eut l'avantage d'obtenir cette charge. Le jeune *magister*, au milieu de la belle végétation de Carrefour, des rivières aux sinuosités capricieuses, qui entretiennent en ce beau lieu une fraîcheur éternelle, se trouva heureux et satisfait de sa nouvelle position. Il était, malgré son jeune âge, comme le père d'une nombreuse famille.

Il apprit à lire, à écrire et à calculer à tous les enfants de ce quartier, qui, devenus hommes à leur tour, lui conservèrent jusqu'au dernier moment le plus profond attachement et la plus grande reconnaissance.

En 1844, il fut nommé professeur de calligraphie et d'histoire au Lycée national ; en 1845, il fut commissionné adjoint au secré-taire-rédacteur de la Chambre des représentants ; en 1847, il ouvrit une école particulière sous le nom de : *École des mœurs*, et eut pour collaborateur Diogène Rivière, une des belles intel-ligences de l'époque, qui mourut malheureusement sans avoir eu le temps d'attacher son nom à quelque œuvre durable.

En 1848, il fut appelé à la direction de l'école nationale Lancas-térienne.

On n'a pas oublié, j'espère, l'intelligence, l'aptitude et la bonne volonté qu'il déploya dans cette charge. Cet établissement comptait alors près de trois cents élèves et était la première école primaire du pays. Les écoliers de 8e en sortaient pour entrer au Lycée comme élèves de la 5e et même de la 4e. On se rendra compte de l'excellente marche de cette école quand on se rappellera que la direction eut, tour à tour, pour aides, des hommes tels que Fils-Aimé Jeanty, Porsenna Labarrière, D. Dujour, Camille Nau, Ber-nadel, Monchéry Harmonière, etc., etc.

Mon père resta à la tête de cet établissement pendant toute la durée de l'Empire, jusqu'en janvier 1865, époque à laquelle il fut révoqué. Telle fut la récompense de services rendus à la jeunesse pendant vingt et quelques années !...

Mon père ne murmura point contre cette décision sévère, et peut-être même injuste.

Peu de temps après sa révocation, qui n'eut pas la sanction de l'opinion publique, il ouvrit une école particulière sous la déno-mination de « Pétion-le-Grand » afin de pouvoir gagner honora-blement son pain de chaque jour.

Dieu seul sait à quelle extrémité il fut alors réduit ; mais, noble de caractère, il ne poussa jamais une seule plainte. Oui, il resta

grand dans le malheur comme il avait été humble dans l'aisance.
Il ne fut jamais homme de parti. Il ne sut jamais flatter pour obtenir les faveurs de qui que ce fût : aussi mourut-il pauvre !... Il
avait compris qu'il était plus beau de mourir comme Phocion, que
de vivre riche avec le déshonneur au front.

Après avoir été représentant du peuple sous le gouvernement de
Geffrard, il fut nommé trésorier particulier de l'arrondissement
du Port-au-Prince en novembre 1860 ; mais, en décembre de la
même année, le chef de l'Etat fut renversé et mon père mis de
côté.

Enfin, en 1871, il fut envoyé à Léogane, comme directeur de
l'école nationale. Tout autre que mon père aurait vu là une mysti-
fication, mais le malheureux qui se sentait toujours fort et capable
de rendre encore quelques services à son pays, accepta et partit.
Les habitants de cette ville si digne d'intérêt, qui avaient toujours
entendu parler de mon père, se montrèrent joyeux de sa nomi-
nation et entourèrent d'attention et de vénération le vieil instituteur. Huit mois plus tard, mon père tomba dangereusement
malade; mais grâce aux soins empressés qui lui furent prodigués,
il ne tarda pas à recouvrer la santé. Mais, sentant que son ré-
tablissement n'était que factice, il donna sa démission et re-
tourna au Port-au-Prince, au sein de sa famille, afin d'y trouver
les soins que réclamait son état. — Homme délicat, il se sentit
blessé dans son amour-propre quand il se vit incapable de pouvoir
se suffire à lui-même. Il voulut encore travailler, mais, hélas ! il
ne put être employé. Il fit des démarches qui restèrent sans
succès. Le mal moral s'ajoutant au mal physique, il prit le lit,
qui ne le remit qu'à la tombe...

Après quelques semaines d'affreuses souffrances, il rendit le
dernier soupir, le mardi, 3 décembre 1874, à trois heures de l'après-
midi !!!...

Assis auprès de son lit, je l'ai vu souffrir, je l'ai vu agoniser,
j'ai recueilli son dernier souffle... Il est mort en chrétien, ne
cessant jamais de croire, d'aimer et d'espérer.

Avant de mourir, il eut le bonheur de demander pardon à Dieu
des fautes qu'il avait commises.

Oh ! que le spectacle d'une âme qui s'envole pour l'éternité est
un tableau sublime et plein d'enseignements pour le philosophe
et l'homme vertueux !

Ses funérailles eurent lieu le jour suivant; un imposant convoi,
composé de ses nombreux amis, des élèves de toutes les écoles, des

membres de toutes les Loges de la capitale, et du G∴ O∴ d'Haïti,
l'accompagna à sa dernière demeure. Arrivé au cimetière, M.
Enélus Robin, en sa qualité de Vén∴ de la Resp∴ Loge l'*Amitié-
des-Frères-Réunis*, n° 1er, et de Grand-Orateur du G∴ O∴
d'Haïti, et surtout d'ancien élève du défunt, prononça d'une voix
émue le discours suivant :

     « Mes frères,

  « Il est bien satisfaisant pour moi d'être appelé à porter la
« parole sur la tombe de mon regretté ami Fleury Battier... En le
« faisant, je ne viens pas seulement remplir mon devoir d'Or∴ du
« G∴ O∴, mais payer un juste tribut d'estime à l'homme qui
« avait toute ma sympathie en ce monde et dont j'ai su ap-
« précier les heureuses qualités.

  « Fleury Battier, mes frères, était un homme de bien dans
« toute l'acception du mot Nous avons vu, dans les malheu-
« reux évènements que le pays a traversés, bien des hommes,
« qui avaient des apparences d'honnêteté, se laisser entraîner
« par le courant corrupteur du vice, et, n'écoutant que la voix
« d'une sordide ambition, se livrer à ces actes qui font rougir
« la morale. Fleury Battier, lui, a le noble mérite de n'avoir
« jamais dévié de ses principes. Quelles que soient les chances
« heureuses qui se sont offertes à lui, quels que soient les
« malheurs dont il ait été frappé, il n'a jamais transigé avec ses
« sentiments de probité et de dévouement à la société.

  « Tout jeune encore, il a embrassé la carrière de l'enseigne-
« ment, carrière bien honorable, mais aussi bien ingrate parfois.
« Il avait alors dix-sept ans à peine. D'abord professeur de
« calligraphie au Lycée national du Port-au-Prince, puis direc-
« teur de l'école primaire Lancastérienne, et, plus tard, chef d'une
« institution particulière, directeur de l'école primaire de Léo-
« gane, il a consacré ainsi presque toute sa vie à l'instruction de
« la jeunesse, et a toujours donné aux élèves qui lui étaient con-
« fiés ses soins les plus intelligents et les plus consciencieux.
« Plusieurs de nous ici présents se rappellent encore avec
« bonheur d'avoir reçu, enfants sur les bancs, les bienfaits de sa
« sollicitude... Quelle récompense en a-t-il eu? — Dans quel
« état est-il mort? — Hélas ! je ne le dirai pas par respect pour
« sa mémoire.

  « Mais laissons là le pauvre instituteur, et voyons l'homme
« du monde et le maçon. — Comme caractère, qui était plus
« aimable que Fleury Battier? Qui savait mieux inspirer de la

« sympathie, se concilier les cœurs ? — Son commerce aimable,
« ses manières franches et courtoises lui attiraient la bienveil-
« lance de tous ceux qu'il abordait.

« Aussi était-il, en loge, un des plus charmants d'entre nous.
« Avec quelle distinction il a occupé les différentes charges aux-
« quelles il fut appelé ! Comme il s'ingéniait à trouver les moyens
« de s'acquitter le mieux possible de la tâche qu'il avait à rem-
« plir ! Voyons-le comme maître des cérémonies de « l'Amitié des
« Frères-Réunis, » président du chap. de R.·. + ·., off.·. du
« G.·. O.·., m.·. du conseil d'administr.·. de ce g.·. corps, quelle
« courtoisie, quelle urbanité, quel dévouement il montrait dans
« l'exercice de ces diverses fonctions ! Il me semble le voir encore,
« dans les jours de solennité, excitant les uns et les autres de la
« voix et du geste afin de donner à la cérémonie le plus d'éclat
« possible. »

« O mes frères, nous serions inconsolables de la perte de Fleury
« Battier, s'il ne nous laissait sur cette terre un autre lui-même,
« je veux parler de son digne fils, Alcibiade Battier, notre bien-
« aimé f.·., si douloureusement éprouvé en ce jour... Oui, mes
« frères, il est bien agréable pour nous de pouvoir dire : Si nous
« n'avons plus le père, nous avons le fils, si bien doué, si bien
« préparé pour faire briller le nom du père.

« Frère Fleury Battier, l'éducation soignée que tu as donnée à
« ton cher fils, les bons principes que tu lui as inculqués et qui
« font aujourd'hui de lui, un des plus beaux ornements de la
« société : c'est là une de ces belles actions que tu laisses ici-
« bas pour perpétuer ta mémoire parmi nous.

« Reçois nos derniers adieux ; que la terre te soit légère !...
« Amen ! »

. . . .

Mon père eut le sentiment du beau. Il eut du goût pour l'étude.
Il ne sut jamais haïr. Il m'aima d'une affection toute particulière.
Il prit religieusement soin de mon enfance et me donna lui-même
les premières leçons Il voulut faire de moi un peintre, un gra-
veur, un artiste. Il prit toujours un véritable plaisir à me racon-
ter, quand j'étais petit, les beaux traits du Grec célèbre dont je
porte le nom. — Je me rappelle qu'un soir — le temps était beau —
il me fit faire avec lui la promenade. C'était à l'approche des exa-
mens de l'école. J'avais environ onze ans. Il me dit de lui réciter
le morceau que j'avais appris par cœur pour le jour de la distri-
bution des prix. C'était cette belle poésie de Racine, intitulée :

« *Preuves physiques de l'existence de Dieu.* » Je me mis donc à
dire ces vers qu'on n'oublie plus dès qu'on les a appris. « Comment donc ? me dit-il quand j'eus fini de déclamer à ma façon le
morceau, c'est ainsi que tu défigures le chef-d'œuvre de ce grand
poète? Quoi ! tu n'es pas frappé de la beauté de ses vers? Tu
n'en sens pas la force et la sublimité?... Eh bien ! écoute-moi ! »
Alors, de sa voix grave et sonore, il se mit à répéter les immortels accents du poète inspiré. Je l'écoutai avec plaisir, et je fus
surtout ravi du sentiment avec lequel il disait ce beau passage :

« Quel bras peut vous suspendre, innombrables étoiles?
« Nuit brillante, dis-nous qui t'a donné tes voiles?
« O cieux, que de grandeur et quelle majesté !
« J'y reconnais un maître à qui rien n'a coûté,
« Et qui dans vos déserts a semé la lumière,
« Ainsi que dans vos champs il sème la poussière.
« Toi qu'annonce l'aurore, admirable flambeau,
« Astre toujours le même, astre toujours nouveau,
« Par quel ordre, ô soleil, viens-tu du sein de l'onde
« Nous rendre les rayons de ta clarté féconde?
« Tous les jours je t'attends ; tu reviens tous les jours :
« Est-ce moi qui t'appelle et qui règle ton cours ?

. . . .

Ses yeux, sa main, ses gestes, tout avait une éloquence. Il
versa son âme dans mon âme, et m'apprit depuis lors à bien dire
les vers.

Mon père était l'ami de la jeunesse. Ses propres élèves étant
devenus plus tard ses amis, le vénéraient comme un père. Il
avait toujours sur les lèvres un sourire pour chacun, et dans les
yeux une larme pour l'infortune...

S'il est mort sans laisser de fortune à ses enfants, il leur lègue
au moins un nom aimé et l'affection générale dont il jouissait
lui-même.

Que rien ne trouble son sommeil ; qu'il soit heureux là-haut ; et
que chaque vers, bon ou mauvais, de ce modeste recueil, dédié à
sa mémoire par son fils reconnaissant, soit comme une couronne
impérissable déposée sur son tombeau !

IV

FABLES

Je me sers d'animaux pour imiter les hommes

La Fontaine.

. 15

FABLES

LE ROSSIGNOL ET LE SERPENT

A M. D. DELORME

Pour chanter du soleil le bienfaisant retour,
Un gentil Rossignol, à chaque aube du jour,
Venait improviser des strophes d'harmonie,
Loin des regards jaloux, sur un rosier en fleurs.
Ses chants, écho divin du talent, du génie,
Faisaient rêver d'amour et répandre des pleurs :
C'était un vrai poème où la reconnaissance
Exaltait haut celui que le ciel même encense.
            Tout protégeait la voix
            De cet organiste des bois :
            L'onde, courant sous la verdure,
            Retenait son doux murmure ;
            Les grillons, leurs concerts
            Dans les feuillages verts ;
            Zéphyr, sa douce haleine.....
Mais quelqu'une veillait..... Grand Dieu ! C'était la Haine

« Maudit soit le chanteur insipide et rampant.

« Qui trouble mon repos ! s'écrie un noir serpent.

« Et pourquoi vient-il donc toujours à la même heure

« Sur le même rosier ?.... Je jure, il faut qu'il meure !....

« Encore si ses chants étaient mélodieux,

« Je pourrais le laisser par amour pour les dieux ;

« Lui dire : Vil oiseau, va-t-en, je te pardonne,

« La liberté, voilà ce qu'au talent je donne ;

          « Mais criarde est la voix

          « De ce méchant grivois :

          « Il faut donc qu'il meure,

« Qu'il aille visiter l'éternelle demeure ! »

          Il dit, et soudain,

          Avec rage et dédain,

          Abandonne l'herbette,

     S'élance sur la pauvre bête,

     — Digne d'un tout autre accueil, —

     Et la déchire en un clin d'œil.

          Malgré ce crime horrible,

          Sur la branche flexible

          Du même rosier en fleurs,

D'autres bardes ailés au chant doux et sonore,

          La voix pleine de pleurs,

          Viennent toujours à l'aurore,

          Et même à l'heure du soir

Où chaque fleur des champs devient un encensoir,

Inonder le bouquet de longs flots d'harmonie

Pour flageller l'envie étouffant le génie.

Voilà comment la gloire, au milieu du danger,
De tout blasphémateur apprend à se venger.
Comme l'aigle, elle jette un de ces cris sublimes
Qui font que les méchants rougissent de leurs crimes.

Ce Serpent noir, affreux, insensible et moqueur,
Représente à nos yeux l'infâme *Jalousie*,
Qui poursuit le talent, toujours calme et vainqueur ;
        Et le Rossignol, c'est la Poésie,
        Vierge aux chastes appas,
Qui, malgré ce qu'on fait pour arrêter ses pas,
Conduira le grand char où le Progrès s'attelle,
Et chantera de Dieu la puissance éternelle !!!

        8 juillet 1877.

COMMENTAIRE

Voici la lettre adressée par l'auteur, à M. Delorme, pour lui offrir la dédicace de la poésie qu'on vient de lire :

                    22 septembre 1877.

A Monsieur Delorme, député du peuple, etc.
                En ville.

Monsieur,

Permettez à un de vos concitoyens, admirateur enthousiaste de vos talents, amant passionné de vos œuvres littéraires, de vous dédier une de ses poésies : *Le Rossignol et le Serpent.*

Vous ne me connaissez pas, sans doute ; peut-être même n'avez-vous jamais entendu prononcer mon nom ; car je suis semblable

à une de ces petites fleurs cachées sous la sombre verdure, et dont
le léger parfum se perd sur l'aile de la brise ; à une de ces goutte-
lettes qu'aucun rayon du soleil n'a jamais éclairées. Mais vous
saurez, cher et illustre concitoyen, que j'aime la poésie, cette
vierge que vous chérissez tant et qui vous a déjà inspiré de si
doux chants, et que, comme vous, j'ai un cœur qui sait *aimer, pleurer* et *chanter*, avec cette grande différence toutefois que le vôtre,
instrument sonore, peut être comparé à une de ces urnes d'or dont
parle le poëte immortel que vous avez si bien dépeint dans les
Théoriciens au Pouvoir, et que le mien est comme un foyer d'où
s'échappent rarement quelques faibles étincelles.....

Si, comme il m'est doux de l'espérer, vous me faites l'honneur
d'agréer cette dédicace, vous me prouverez une fois de plus que la
gloire, que poursuit toujours l'envie, sait descendre parfois jusqu'au
mérite faible et modeste pour le couvrir de sa clarté.

Je vous tends une main fraternelle et vous dis, avec l'éloquence
du cœur : Honneur à vous qui faites honneur à mon pays !

Votre très dévoué serviteur,

A.-F. BATTIER.

En réponse à cette lettre, dictée, comme on doit bien le
comprendre, par une vive et sincère admiration pour
M. Delorme, l'auteur de *Francesca* et du *Damné* fit l'honneur d'adresser à l'auteur de ce recueil les lignes suivantes, que nos lecteurs ne manqueront pas certainement
de lire avec le plus grand plaisir :

Port-au-Prince, 22 septembre 1877.

Cher monsieur Battier,

Je v us la serre cordialement, cette main amie, cette main affec-
tueuse que vous m'offrez si gracieusement. Je sens dans vos
paroles la vivante sincérité de la sympathie, de l'affection. Je vous
en suis reconnaissant et vous serre encore la main.

Vos vers sont bien faits et bien pensés : ils ont la double harmonie de la forme et de l'image ; je vous en félicite et vous exhorte
vivement à ne pas vous arrêter en si beau chemin. Quand le poëte

prend son essor, déploie ses ailes, comme l'aigle dont vous me parlez, il ne s'arrête pas sur la haie fleurie où il se pose un instant sur la colline ; il s'élance en plein ciel : à lui la lumière et l'azur infini dans les régions éthérées voisines de Dieu.

S'il chante l'amour, la pitié, le beau marié au bien, c'est qu'il répète aux hommes les choses qu'il entend là-haut dans son vol sublime ; et c'est pour cela que son rôle est si grand, si divin, parmi les misères de ce triste monde.

Montez, montez toujours, montez sans cesse ; il y a du bien à faire en s'éloignant des agitations des hommes ; vous contribuerez à calmer les douleurs qui torturent notre humanité, à combattre les vulgarités qui la prosaïsent, à délivrer notre pauvre pays de ces passions cruelles du forum qui sèment la haine sur cette belle terre et compriment, sous cette horrible végétation, la sève de sentiments et d'idées qui fait le progrès et la grandeur.

Une population devient un peuple, une nation, quand elle produit des penseurs et des artistes qui l'élèvent à ce rang.

Vous servirez donc la patrie en allant plus avant chaque jour dans la belle voie où vous êtes entré.

.   .   .   .   •   •   •   •   •

Je vous remercie, je vous applaudis et vous prie de croire à mes meilleurs sentiments.

DELORME.

LE LAPIN ET LE MERLE

A M. ÉNÉLUS ROBIN

Chef de Division au Ministère de l'Instruction Publique.

Ne raillez personne si vous ne voulez point être raillé.

Un lapin fort aimable et tout frais de jeunesse,
S'amusait à brouter le thym parmi les fleurs.
Il était vif, alerte et plein de gentillesse,
Comme les colibris aux attraits séducteurs.

Un merle, se croyant très fort en ironie,
L'aperçut un matin, et lui dit en riant :
« Du ciel tu reçois tout : le talent, le génie,
« Un air modeste, tendre et doux, sinon brillant.

« Tu te nourris des fleurs écloses sous les treilles,
« Et tu bois la rosée à la saveur du miel.
« En toi tout se distingue, et même tes oreilles,
« Larges poignards dressés qui menacent le ciel. »

— « Ce que tu viens de dire est vrai, je te le jure,
Répondit le lapin, hélas ! avec douceur ;
« Mais reconnais aussi que pour vomir l'injure,
« Ta langue a bien de trop un bon pied de longueur. »

Jacmel, 27 janvier 1875.

CHACUN SE CONNAIT BIEN

(CONTE CRÉOLE)

A M. LÉLIO DOMINIQUE

Pour célébrer, je crois, la naissance d'un prince,
Un dîner était donné,
Non loin du Port–au–Prince,
Dans un jardin abandonné.
Suivant les us et coutumes,
Tous les animaux en brillants costumes
S'étaient réunis
Dans un beau champ de maïs.
Le bœuf, pour sa grosseur, était roi de la table.
Le cheval y brillait par sa fierté,
L'âne par sa stupidité,
Le crapaud par *sa voix douce, agréable.*
C'était plaisir de voir le cochon d'Inde,
Le cabri, le mouton,
Danser sur le gazon,
Tout en causant des merveilles du Pinde.
Je n'ai pas la prétention
De vous faire l'énumération

De tous les animaux célèbres
Qui prirent part à ce festin
Du matin.
Dans ce lieu de ténèbres,
Rien n'était petit,
Et surtout pas l'appétit.
Tous nos gaillards, sous leurs rudes mâchoires,
Broyaient, dévoraient tout,
Et disaient sans nuls propos dérisoires,
Que tout était bien de leur goût.
Mais, soit négligence,
Soit chose faite exprès,
L'eau qui n'était pas près,
Brilla soudain par son absence.
— Sapristi! dit le bœuf, c'est une absurdité!
N'est-ce pas, mes amis, que je suis insulté?
Manger sans boire, est-ce possible?
L'un sans l'autre est chose inutile.
Avisons aux moyens de réparer le mal
Qui ne manquerait pas de nous être fatal.
Que le plus *laid* d'ici s'en aille à la rivière
Nous chercher ce qu'il faut pour terminer l'affaire!
A ces mots, tous s'agitent pleins d'effroi,
Et disent tout bas : « Est-ce moi ? »
Mais, enflammé d'une grande colère,
Maître macaque, soulevé,
Crie d'une voix amère :
« *Non! Tonnai boulé moin, moin pas pralé!* » (1)
Ce récit, cher lecteur, prouve sans subterfuge,
Que chacun porte en soi son redoutable juge.

                                        (1870.)

(1) Je jure par le tonnerre que je n'irai pas!

LA CIGALE ET LE VER LUISANT

A MON AMI A. LINSTANT

Chef de bureau au Ministère des Cultes.

« *Suum cuique.* »

Une cigale égarée
Dans les bois
Disait une fois,
D'une voix triste, éplorée,
A son ami le ver luisant :
« Toi, dont le regard bienfaisant
« Sait dissiper les ténèbres,
« Anges funèbres,
« Vois comme il fait noir,
« Ce soir,
« Sur la montagne,
« Où j'ai laissé ma compagne
« Et mes pauvres petits enfants.....
« Comme ils doivent souffrir de mon absence,
« Ces êtres charmants !
« Qui gardera leur innocence ?....
« J'entends leurs cris déchirants

« Et leur propos désespérants.

« Sois donc touché de ma misère,

« Toi qui comprends bien ma douleur de mère !

« Brillant dans l'obscurité,

« Daigne par humanité

« M'emporter sur ton aile

« Pure et frêle,

« Comme un léger radeau

« Emporte une goutte d'eau

« Afin que ta douce lumière

« Me fasse revoir ma chaumière. »

— « Je ne le puis, dit d'un ton peu poli

« L'insecte supplié ; car il est un proverbe

« Superbe :

« *Chaque concouille cléré pour yé li.* » (1)

MORALITÉ

Dans ce récit, lecteur, si quelque point t'attriste,
Apprends à mépriser l'homme au cœur égoïste !....

2 août 1875.

(1) Ce mot créole, qui a suggéré à l'auteur l'idée de cette fable, est resté célèbre, comme on le sait. En voici la traduction aussi littérale que possible : « *Toute mouche lumineuse éclaire pour ses yeux.* » (Chacun pour soi.)

L'ORGUEIL HUMAIN

A MONSIEUR J. ARCHIN, AVOCAT

Tout le monde ici-bas croit avoir du mérite,
    Tant est grand l'orgueil humain.
Je vais, par une histoire extrêmement petite,
    Vous le prouver sans attendre demain.

L'âne, un bon jour, vantait son élégance
(Il avait oublié deux points apparemment);
    Le cheval, son rang, sa puissance ;
    Le crapaud, son croassement.
    « Mes chants ont tant d'harmonie, »
    Assurait ce dernier avec fierté,
    « Qu'un poète, auteur de génie,
    « Dans ses beaux vers m'a chanté.
« Oh ! si vous en doutez, ouvrez les *Primevères.* » (1)
Le bélier, qui peut avoir des trouvères,
Vantait sa panse et d'autre chose encor....
    N'est-ce pas réellement fort ?

(1) Titre d'un recueil de poésies publié par M. Ch. Séguy-Villevaleix.

Macaque, — on ne voudra jamais le croire,
    Tant cela paraît dérisoire, —
    Macaque, laid comme tous les zombis,
    Vantait sa beauté, son adresse.
« Je suis gras, » dit le bœuf avec noblesse.
— « Mais je le suis aussi, » répliqua le lambis.

COMMENTAIRE

C'est encore ce proverbe créole : *Toute bête dit li gras, lambis dit mo même tout*, qui a suggéré à l'auteur l'idée de cette petite fable, qui expose une grande vérité, à savoir que chacun ici-bas croit avoir du mérite. N'est-ce pas que notre lambis n'a pas moins de prétentions que la grenouille du bon La Fontaine?

LE DINDON ET SON HABIT

Un dindon, qui se croyait très bien mis,
        Dit un jour à ses amis,
            Avec emphase :
    « — Eh bien ! comment me trouvez-vous ?... »
    L'un d'eux, l'arrêtant dans sa phrase,
            Lui répondit tout doux :
« — Vous êtes, croyez-moi, d'un bien rare acabit....
« Mais quel est le sapeur qui t'a fait ton habit ? »
« — Il est beaucoup trop long, » ajouta le deuxième.
« — C'est celui de son père, » entonna le troisième,
Petit coq de bataille au plumage de feu,
        Qui de sa force fait l'aveu.
« — L'habit, dit le dernier, c'est chose bien commode ;
« Mais un *abus d'habit* n'est jamais à la mode. »

MORALITÉ

Ne demandez jamais au public son encens,
Laissez qu'il vous le donne et vous serez puissants.
        Suivez ce bon conseil de frère,
        Je le donne comme sincère.
Si vous avez le tort de courir au-devant,
Vous aurez.... Quoi ?... Le sort de monsieur Montlavaut....

    29 août 1875.

LE MAPOU ET LE PALMIER

A MONSIEUR PAUL LOCHARD

Le Mapou dit une fois au Palmier
    Eh bien ! te voilà, petit drôle,
Petit nain orgueilleux, vil enfant du fumier,
Qui te crois couronné d'une vive auréole !
Tu n'es rien à mes yeux qu'un arbre vain, chétif,
    Alimenté par un suc corrosif;
      Un long mât de cocagne,
Placé comme un fantôme au haut de la montagne !...
Quand tu jettes partout et la honte et l'effroi,
Peux-tu vraiment prétendre à ton titre de roi ?
    Quelle dérision !... C'est être ridicule !...
      Crois-moi, par Hercule !...
Le roi de ces forêts, c'est moi, ton serviteur
Qui n'ai jamais souffert aucun compétiteur.
    Regarde-moi bien en face,
    Dis ! ne dois-tu pas me céder la place?

D'ailleurs, il le faut bien, et par droit de grosseur,
Et par droit de conquête et par droit de naissance.
Je suis gras, je suis beau ; et, fier de ma puissance,
Je ne supporterai jamais d'envahisseur.
Vrai géant des déserts, je n'ai peur de personne,
Et sur mon front sacré doit être la couronne.
Si mes pieds sont ici, ma tête est dans les cieux !
     Comme un panache gracieux !
Je brave les autans ; le *malfini* (1) me fête,
Je résiste à la force et ris de la tempête.....

— Permettez-moi deux mots, dit le Palmier souffrant,
    Je ne crains pas votre menace ....
    — Tais-toi, reprit avec audace,
    Le Mapou triomphant,
Encore un mot, tu mordras la poussière.....

    A l'instant, la foudre part,
    Et, non loin du rempart
Brise le fier Mapou dans sa gloire première.
« Hélas ! dit-il alors, dans un dernier soupir,
Au pied de son rival qu'il est dur de mourir !... »

Sur notre arbre étendu, le bœuf lent et sévère,
Pour empêcher ce fait de passer à l'oubli,
Grava, non sans pleurer, cette pensée amère :
Ah ! quand Mapou tombé, cabri, mangé feuill' li (2).

   (1) Corruption du mot français *mansfèni*, oiseau de proie des Antilles, petit aigle.

Le Mapou, c'est bien vous, vaniteux de la terre !
Pour vous réduire en poudre, il ne faut qu'un tonnerre.
Et quand vous n'êtes plus, des valets, des bedauds
Se moquent tous de vous comme font des badauds.

Bizoton, 6 septembre 1875.

COMMENTAIRE

(2) Traduction littérale : *Quand le Mapou est abattu par l'ouragan, ses feuilles sont alors mangées par les cabris.*

Le Mapou est le plus gros arbre de notre pays. Il s'élève souvent jusqu'à quatre-vingts pieds, et son tronc est si énorme qu'il faut plus de huit personnes, étendant leurs bras, pour l'embrasser. — Nous avons des Mapous séculaires dans nos forêts. Le plus gros que l'on connaisse est celui qui se trouve sur la route du Grand-Goâve. Il ne manque pas *d'adorateurs.....*

L'ABEILLE ET LA MOUCHE

(IMITÉE DE FÉNELON)

L'ABEILLE, *avec mépris.*

Que viens-tu faire ici, vile mouche importune,
Toi dont la fière audace assure l'infortune?
Vraiment, c'est bien à toi, méprisable animal,
De te croire en tous points aux abeilles égal!
Qui te donne le droit de voler vers ma ruche?
Grands dieux! quelle insolence!...

LA MOUCHE, *avec douceur.*

                Allons sans fanfreluche!
De me traiter si mal, avez-vous bien raison?
Quel crime ai-je commis? Dis-le sans passion.
Hélas! je le devine... On nous dit d'une race,
Où la douce sagesse à l'orgueil a fait place.

L'ABEILLE, *avec colère.*

Tu te trompes beaucoup, mouche sans ornement,
Car nous avons des lois, même un gouvernement.
Nous aimons la sagesse, et notre république
Est un tableau parfait de bon sens politique,

Du matin jusqu'au soir, c'est pour nous un plaisir
De voler sur les fleurs au doux gré du désir ;
Car, avec leur doux suc, nous faisons pour la table
Un nectar que les dieux proclament délectable.

. . . .
. . . .

Sors, sors de ce palais tout plein de tes injures,
Et va gagner ton pain au prix de tes ordures.

LA MOUCHE.

Daignez nous excuser ; car, en vivant ainsi,
Nous suivons le destin qui nous fit sans souci.
Chacun dans l'Univers doit bien remplir son rôle :
C'est une vérité qui passe sans contrôle.
Apprenez dès ce jour que notre pauvreté
Est un vice moins grand que la sotte fierté.
Vous faites, je le sais, un sirop agréable,
Mais votre cœur est plein d'un venin détestable,
Il est toujours amer. Si vous avez des lois,
Vous en faites vraiment de bien mauvais emplois.
Attirez mieux les cœurs, ne rebutez personne,
Prenez cas de tous ceux que le sort abandonne ;
Donnez, aimez, plaignez : soyez sans vanité,
Car ici tout est vain, hormis la charité.
Au revoir, soyez sage, et surtout moins farouche :
Ce sont les conseils que vous donne la mouche.

V

POÉSIES DIVERSES

Vois, Muse, la vie renaît partout ; la verdure et
les fleurs nous annoncent le retour du printemps. Entrons donc dans ces grands bois, et
là, à l'ombre de ces verts bananiers et de ces
frais manguiers, chantons la nature sous l'œil
bleu de Dieu.

POÉSIES DIVERSES

LE BOUQUET DE L'AMOUR FILIAL

A MON PÈRE

Dans le bosquet de Flore aucune fleur nouvelle,
Pour te faire un présent, ne se montre assez belle.
La *rose*, en son éclat, ne vit, hélas! qu'un jour,
Cependant on en fait l'image de l'amour.
Le *jasmin* odorant, sur sa tige légère,
N'a jamais, tu le sais, qu'une vie éphémère.
La *violette* encor pourrait bien convenir,
Mais elle naît aussi pour trop vite finir.
Quand je veux te parler de ma vive tendresse,
De ce feu doux et pur qui m'embrase sans cesse,

Pour ma mère et pour toi,
Puis-je te présenter sans trouble et sans effroi
Un *œillet*, un *lilas*, une humble *marguerite?*
Non! je ne veux point de ces fleurs d'un jour
Pour t'exprimer un éternel amour!

« Prends donc pour ton bouquet, me dit Flore affligée,
Cette fleur qu'en tous lieux j'ai longtemps protégée.
— Reine, quel est son nom? — Son nom? c'est le *laurier*,
Que la victoire pose au front de tout guerrier!
Il sera, je l'espère,
Agréable à ton père.
— Je le prendrais de cœur, lui dis-je en soupirant,
S'il n'était pas offert quelquefois au tyran.
— Que te dirai-je alors? Veux-tu de l'*immortelle*,
Dont le brillant éclat.... — Combien de temps vit-elle?
— L'espace d'un matin! — L'espace d'un matin?
Toutes vos fleurs ont donc un même et seul destin?... »

Puisque dans le palais de Flore
Tout passe avant même d'éclore,
Mon père, laisse-moi t'offrir
Des fleurs que rien ne peut flétrir.
L'hiver, vieillard jaloux, engourdi par la glace,
Ne pourra qu'admirer et respecter leur grâce.
Loin d'elles passeront, dans leur charmant vallon,
Le souffle meurtrier du fougueux aquilon :
Et la brise du soir, fidèle messagère,
Malgré son aile légère,
Si joyeuse sous les bambous,
Ne prendra rien de leur parfum si doux.

Elles ont nom, ces fleurs, que le ciel même encense,
Amour, Attachement, Respect, Reconnaissance.
Le lieu de leur culture est un cœur de seize ans,
Qui voudrait bien t'offrir de plus nobles présents.

Accepte en ce beau jour (1) ce bouquet que ma Muse
A composé pour toi quand tout chante et s'amuse !
Donne, donne à ton fils de tes soins caressants,
Et daigne aussi sourire à ses premiers accents !!!

COMMENTAIRE

Dans la brochure que j'ai publiée, en 1874, sous ce titre : *La Journée d'Adieu*, on doit bien se rappeler que, pour parler de l'amour que, jeune encore, je ressentais pour la poésie, et de la reconnaissance qui remplissait mon cœur pour l'auteur de mes jours, je m'exprimais en ces termes :

« J'étais bien jeune à cette époque, ma coupe était toute pleine d'illusions, et mon cœur un vaste foyer d'amour et d'admiration.

« Je n'avais vu les hommes que de loin, et, dans mon ignorance, je prenais la vie pour un Eden toujours en fleurs, où l'on savourait un éternel bonheur... J'étais ivre de poésie. Je dévorais les pages savantes des poètes et des orateurs, et je mettais un soin particulier à deviner par quel secret ceux-là tiraient de leur lyre des accents si harmonieux, et comment ceux-ci pouvaient toucher le cœur humain jusqu'à le charmer, le captiver, le séduire. Mon poète favori était Racine ; ses vers avaient le privilège d'offrir à mon esprit l'idéal de forme et de pensée qu'il cherchait : le beau exprimé par la poésie et l'éloquence. Chef-d'œuvre de l'esprit humain, *Athalie* me

(1) C'était un 1er janvier.

fit comprendre jusqu'où pouvait monter le génie inspiré par la religion.

« Je lisais avec non moins de passion les poètes de mon siècle. J'aimais Lamartine, comme homme, comme philosophe et comme poète. Tous ses ouvrages me passèrent sous les yeux. J'étudiais longtemps ses *Méditations* et ses *Harmonies*. J'admirai la vertu dans *Jocelyn*, et je voyageai avec l'émir français en Orient. *La Chute d'un Ange* et les *Recueillements* me remplirent d'une sainte extase. J'ai lu avec attendrissement le drame de *Toussaint Louverture*, où l'illustre membre de la révolution française de 1848 chanta les malheurs d'une race opprimée et montra, a juste raison, *un homme aussi grand qu'une nation*. Je pleurai sur le sort fait par *le premier des blancs au premier des noirs*, et cette injustice, entachant la gloire de l'Annibal français, réveilla en moi les plus nobles sentiments de la dignité humaine.

« Graziella, dont les yeux étaient bleus comme les flots azurés de la mer de Sorrente ; dont le cœur était aussi pur que ces fleurs embaumées qui couvrent les sources poétiques de Florence, et dont les longs cheveux d'or reluisaient au soleil comme la poussière étincelante du Vésuve, — Graziella m'apprit à aimer et à verser des pleurs. L'infortunée !... Je l'ai vue aimer, comme on aime sur cette terre classique de la poésie, de la sculpture, de l'architecture et de la peinture ; je l'ai vue souffrir, je l'ai vue mourir ; j'ai recueilli son dernier vœu et, longtemps après, j'ai vu le passant, en écartant les giroflées qui couvraient la pierre de son tombeau étroit, petit et indifférent, en lire l'inscription et dire ensuite, des larmes dans les yeux :

> Elle avait seize ans !... C'est bien tôt pour mourir !

« Musset et Hugo trouvèrent aussi place dans mon cœur. Le soir, je les lisais et, le matin, je les récitais à mes amis, qui partageaient mon enthousiasme. Ces lectures me rendirent doux, soumis, attentif, et me remplirent le cœur d'amour et d'admiration pour cet Être immense qui a réglé l'Univers par les lois de l'Harmonie.

« Alors et comme aujourd'hui, la nature était pour moi un alphabet où j'apprenais à épeler la grandeur et la puissance du Maître des Mondes : chaque désert avait pour moi une voix pour publier ses merveilles ; chaque aurore nouvelle, chaque goutte de rosée jetée sur les fleurs, chaque arbre, chaque fruit me rappelait sa bonté. — La foudre sillonnant les nues, l'Océan mugissant en vain, le soleil éclairant l'espace, le volcan vomissant ses laves, tout me prouvait sa puissance illimitée.

« Ces lectures avaient fait de mon cœur une lyre muette; j'aimais avec passion, je priais avec ferveur, et je voulais chanter ; mais pour chanter, il fallait des cordes à mon instrument. Enfin, j'en trouvai quatre : elles se nommaient *l'amour, l'attachement, le respect et la reconnaissance*. Les premiers sons que je tirai de cette lyre furent dédiés, on le devine, à l'auteur de mes jours. C'était une épître d'une cinquantaine de vers. Mon père la prit, la lut avec attendrissement et versa des larmes de joie et de bonheur. Il m'embrassa et ne put me parler autrement. Oui ! il est de ces heures solennelles où la parole est dédaignée, parce qu'elle n'est pas assez vive pour exprimer tout le feu d'un grand sentiment. Il y a de l'éloquence dans un geste, il y a du sublime dans deux cœurs qui se confondent et s'adorent !... »

— Eh bien ! la poésie qu'on vient de lire est justement celle dont j'ai entendu parler dans *la Journée d'Adieu*. Quelque mauvaise qu'elle puisse être, cette épître, elle mérite, je crois, d'occuper une place dans ce modeste recueil, et tu ne manqueras pas, lecteur, — j'en ai l'espoir, — de l'accueillir favorablement ; car j'ai la certitude que tu éprouves un délicieux plaisir à prêter l'oreille aux inspirations d'un cœur plein de reconnaissance, aux premiers accords d'une âme qui chante, surtout quand ces premiers accords, ces premiers chants, sont un cri de l'amour et du respect filials !!!

LE JASMIN

OU

LES PLEURS D'UNE MÈRE

A MADAME VEUVE MIRAMBEAU

Sous un large amandier, près d'une haie en fleurs,
Une femme à genoux répandait de longs pleurs.
Les oiseaux, seuls témoins de sa douleur amère,
Retenaient leurs doux chants, devinant une mère.

« O mon Dieu! disait-elle en regardant les cieux,
« Qu'as-tu fait de mon fils, cet objet précieux,
« Dont le cœur de huit ans abritait l'innocence,
« Et dont les bleus regards m'enivraient d'espérance?

« Il était, ô Seigneur! ici, tu le sais bien,
« Mon ange, mon trésor, mon unique et vrai bien.
« Pourquoi me l'as-tu pris au matin de la vie?
Ce cygne blanc au ciel faisait-il donc envie?

17

« O mon fils, tendre fils, gage d'un pur amour,
« Que ferai-je sans toi dans ce triste séjour?
« Oui, oui, tout m'est à charge.... O mon fils, mon idole....
« Mon esprit est troublé.... la douleur me rend folle. »

La pauvre ainsi parlait sur le bord d'un chemin....
Mais chacun de ses pleurs devenait un jasmin.
Alors un ange vint, et, joyeux, lui dit : « Mère !
« Ton fils est astre au ciel et parfum sur la terre. »

(1879.)

L'ÉCHO

I

Tout ce que nous voyons sous le bleu firmament
Ment;
Aussi ne chante plus mon amour en délire,
Lyre!
Tout est vain, tout est faux, Muse, dans ce manoir
Noir.

II

A chanter la vertu sans nulle récompense
Pense.
Traite le malheureux sans cesse avec douceur,
Sœur.
Du bien que nous faisons Dieu nous tient toujours compte,
Compte!...

(1879.)

VOIS-TU !...

A MA SŒUR

Vois-tu ces beaux nuages d'or,
Du ciel féerique décor,
Qui passent vite sur ta tête
Comme l'oiseau dans la tempête ?

Vois-tu là-bas ce vif éclair
Qui décrit des zigzags dans l'air,
Aussi vite et même plus vite
Que l'onde qui se précipite

Dans la mer ? — Vois-tu ce jasmin
Qui s'ouvre au bord du grand chemin ?
Humble fleur qui sera fanée
Avant la fin de la journée ?

Les vois-tu, dis-le moi, ma sœur ?
Dis !...
      C'est l'image du bonheur.

(Carrefour, 8 décembre 186....)

TURGEAU

Combien de fois, Turgeau, sous tes charmants ombrages,
Où le cœur vit content, loin du bruit des orages,
J'ai goûté le bonheur dans mes rêves du jour !

Dis que j'aime tes fleurs que l'abeille butine ;
Que j'ai noté les chants de ta source argentine,
Que sous tes verts manguiers j'ai célébré l'amour.

Dis que j'ai contemplé ta riante verdure,
Que dans tes frais vallons j'ai chanté la nature,
Que j'ai gravi tes monts, croyant monter au ciel ;

Mais ne dis pas, Turgeau, qu'un jour avec Machonte,
J'ai savouré sous l'orme, à droite, sur la route,
Un fruit délicieux, bien plus doux que le miel.

(1878.)

LE MOIS DE MAI

(SONNET IMPROVISÉ

Charmant murmure
Sous la verdure,
Bouquets de fleurs,
Perles de pleurs ;

Dans la nature
Riche parure,
Fraîches couleurs ;
Tchits cabaleurs (1) :

Chants, poésie,
Pure ambroisie,
Air embaumé,

Partout délice,
Voilà, lectrice,
Le mois de mai !

(1878)

---

(1) Le tchit, ainsi appelé par onomatopée, est l'oiseau le plus petit de
nos bois. Il a inspiré à Ignace Nau une poésie qu'on lit toujours avec
plaisir : « Le Tchit et l'Orage ».

LA LÉGENDE DE LA TIGE D'AMITIÉ

A MONSIEUR TERTULLIEN GUILBAUD

Colinette et Colin, dès leur tendre jeunessse,
De s'aimer à jamais avaient fait le serment
Enfants des bois tous deux gais, pleins de gentillesse,
Ils trouvaient le bonheur en chantant, en s'aimant.

L'amour, sous les bambous, leur versait l'allégresse.
Mais, hélas! le bonheur ne dure qu'un moment! ...
Colin vint à mourir. O douleur ! ô tristesse !
Colinette ne sut que pleurer son amant.

Fidèle à son amour, elle allait à toute heure
Visiter son ami dans la sombre demeure,
Et demander à Dieu, pour lui grâce et pitié.

Sur la fosse adorée, en signe de détresse,
Un jour, de ses cheveux elle mit une tresse,
Et de ce don naquit la tige d'amitié.

COMMENTAIRE

L'amitié, ou Cuscute d'Amérique, est une plante parasiste, sans feuilles qui s'entortille sur d'autres végétaux.

Les créoles la désignent sous les noms de *corde à violon, herbe z'amitié, herbe z'amourette,* etc., etc.

En botanique, elle prend le nom de *cuscuta floribus pedunculatis.*

Les Anglais l'appellent *dodder.*

Elle appartient à la famille des liserons.

« Le nom de *corde à violon* donné à cette plante parasiste, dit Descourtilz dans sa *Flore des Antilles,* indique assez bien la forme et la couleur de ses tiges enlaçantes, absolument semblables à une corde de boyaux. Les bons cultivateurs lui font une guerre continuelle et l'arrachent sans pitié des citronniers ou orangers qu'elle étreint si étroitement, et dont elle pompe tellement les sucs au moyen de suçoirs dont sa tige est pourvue dans toute sa longueur, qu'on voit, sans cette précaution, le feuillage jaunir sur son tronc desséché.

« Cette plante, fameuse parmi les amants superstitieux, leur sert d'éprouvette pour s'assurer de la constance de l'objet aimé et de la durée de son amour. Pour cet effet, celui des amants qui est moins confiant que l'autre, et plus disposé, par conséquent, à l'influence malheureuse de la jalousie, après avoir égaré l'objet de ses feux loin du bruit des villes et du regard des indiscrets ; après avoir pénétré dans l'asile sacré du mystère, sous ces belles forêts silencieuses, sous les voûtes sombres, où le parfum, les formes gracieuses des fleurs de toutes couleurs et le murmure des ruisseaux parlent si éloquemment à l'âme attendrie, il arrache une poignée de cuscute et la jette au hasard sur un arbre ou sur un buisson. Si plus tard la végétation s'en développe, il est au comble de ses vœux, et, rêvant au bonheur, il doit être le plus heureux des hommes. »

Qui peut dire n'avoir jamais consulté cet oracle d'amour? Et toi, chère lectrice, combien de fois ne l'as-tu fait ?

Tous nos poètes l'ont chantée cette plante,

> « Qui, sur le tamarin, découpe ses lianes,
> « Et jaunit le manguier de ses longs cheveux d'or. » (1)

Le poète du Cap l'a défini ainsi : (2)

> « Il est dans notre contrée,
> « Une liane dorée
> « Qu'on trouve à chaque sentier,
> « Parasite au fil flexible,
> « Du cœur confident semsible,
> « Et qui s'appelle *Amitié*. »

C'est ici le moment de relever une erreur que l'on commet souvent chez nous. Tout le monde dit : la *branche d'amitié* ou la *liane d'amitié*.

Ce sont là des expressions que nous croyons impropres. Le mot branche, du latin *ramus* ou *virga*, signifie bois que pousse le tronc d'un arbre. Or, toute branche suppose un tronc. C'est ainsi qu'on dit : branche du palmier, branche d'olivier, branche de cacaoyer, branche de monbin, etc., etc. Mais peut-on dire une *branche d'amitié* quand on sait que l'amitié n'a pas de tronc?

L'amitié n'est pas non plus une liane, puisque par liane on entend tous végétaux sarmenteux, fixés au sol par des racines, et dont les rameaux choisissent d'autres végétaux pour support. Or, *l'amitié*, aussi bien que le gui, autre plante parasite, n'a pas de racine en terre, et n'a non plus ni sarments ni rameaux. D'après cette définition, on dit bien liane à cabri, liane à cacone, liane à savon, liane à serpent, liane à patate, liane à réglisse, liane à couleuvre, liane à minguet ou liane molle, etc., etc. — On voit donc que les expressions de *branche d'amitié, liane d'amitié*, employées par tout le monde, et notamment par MM. Alfred Simonise, Oswald Durand et Pascher Lespès, doivent être condamnées une fois pour toutes.

L'amitié n'étant ni liane, ni branche, ni arbre, ni arbustre, est nécessairement une tige.

(1) Alfred Simonise.

(2) Oswald Durand.

OU TROUVE-T-ON LE BONHEUR?

I

— Veux-tu me suivre dans les bois?
Dit un jour, d'une douce voix,
Beaubrun à Lucinda, la belle.

— « Me prends-tu pour une rebelle?
« Répond la griffonne aux grands yeux
« Noirs, et profonds comme les cieux.

« Ne suis-je pas bien ton esclave?
« Pour l'amour est-il quelque entrave?
« Et depuis quand donc le ruisseau

« Demande-t-il à l'arbrisseau,
« A la fleur, image du monde,
« S'ils veulent bien suivre son onde? »

II

Ils se rendirent dans les bois,
Et de l'amour chantant les lois,
A l'heure où le rossignol chante,

Où le zéphir berce la plante
Et prend le parfum de la fleur,
Ils goûtèrent le vrai bonheur.....

Et depuis ce jour plein d'ivresse.
Beaubrun, à sa tendre maîtresse,
Ne dit plus : « Veux-tu?... » mais : « Allons! »

III

Le bonheur est dans les vallons,
— Charmant séjour des rêveries, —
Dans les grands bois et les prairies.

Martissan, mai 1879.

LA BLANCHISSEUSE

« Ils restèrent longtemps dans les bras l'un de
« l'autre, et les arbres couvrirent de leurs
« ombres leurs plaisirs... »

(*Sous les Tilleuls*, ALPH. KARR.)

Le ciel était serein. Dans les halliers en fleurs
Le rossignol chantait de sa voix la plus douce.
Le vent faisait tomber les fruits mûrs sur la mousse :
Tout dans le paysage avait fraîches couleurs.

Dans l'eau, sur une pierre on la voyait assise.
Chantant, elle lavait un peignoir de nansou.
Le soleil, éclairant ses lèvres de cerise.
Faisait briller ses traits comme un divin bijou.

Les sourcils noirs, touffus de la vive griffonne,
Ses deux *pommes d'amour* d'une ferme rondeur (1),
Doux objets dont l'aspect nous trouble et nous chiffonne,
Faisaient frémir les sens de la plus vive ardeur.

(1) *Pommes d'amour.* — On a donné ce nom à des fruits d'un jaune
foncé, produit par une plante vénéneuse, désignée par les créoles sous
le nom de *s'amourettes*. Ils ont justement la forme d'un sein de jeune
fille. Cette plante, qu'on appelle aussi poire de bachelier, est de la famille des solanées. Son nom botanique est *solanum mammosum*.

Un *tanga* de madras, serrant sa taille fine, (1)
Laissait apercevoir ses plus secrets appas.
Ses deux bras potelés, son nez, sa voix, sa mine,
Tout prouvait qu'à l'amour on ne résiste pas.

Derrière un gros figuier, vieux, stérile et sauvage,
Où j'allais bien souvent interroger mon cœur,
J'admirais la créole au ravissant visage,
Et déjà me croyais près d'en être vainqueur.

Mais tandis qu'à loisir je comptais tous ses charmes,
Survint un maquignon qui dit à Roséla :
« Je ne peux plus attendre ; allons, c'est trop d'alarmes,
« Tu m'as déjà promis et le moment est là. »

La *griffonne*, à ces mots, se lève rayonnante,
Et conduit le *bozor* dans un hallier voisin (2).
Dans l'herbe très épaisse et partout débordante,
Je les ai vus entrer, devinant leur dessein.

Après un long moment d'une attente fiévreuse,
Je les vis, satisfaits, reprendre le sentier.
Alors, tout furieux, approchant la laveuse,
Je lui dis : « *Il paraît que tu fais le métier ?...* »

Le ciel était serein. Dans les halliers en fleurs
Le rossignol chantait de sa voix la plus douce.
Le vent faisait tomber les fruits mûrs sur la mousse ;
Tout dans le paysage avait fraîches couleurs.

      Bizoton, mars 1877.

(1) *Tanga* — Pagne en français.
(2 *Bozor*, synonyme de muscadin. Les muscadins ne sont pas rares
ne Haïti.

LE BAMBOULA

Ce n'est pas sans raison qu'on a toujours vanté
Des femmes d'Haïti la grâce et la beauté.
Qu'elles aient la couleur de l'or ou de l'ébène,
Le sourire aussi frais que la plus pure haleine
De la brise du soir ; qu'elles soient des Côteaux,
D'ici, de Cavaillon ; qu'elles portent manteaux,
Robes de mousseline ou bien robes de soie ;
Qu'elles aient sur leurs traits la tristesse ou la joie ;
Elles ont, dans leurs yeux, comme l'astre du jour,
Quelque chose de chaud qui vous brûle d'amour.

Dans notre île, l'on voit de ces *brunes piquantes*
Qui, sans montrer l'ardeur des antiques bacchantes,
Sur les cœurs, tout d'un coup, réveillés en sursaut,
Étendent leur pouvoir en les prenant d'assaut.

Poètes, célébrez la vieille Andalousie,
Terre où règne l'amour, où vit la Poésie ;
Prisez au plus haut point les fleurs de l'Orient,
Les perles du Midi, séjour doux et riant,
Où tout jette l'éclat d'une vive auréole ;
Moi, je ne veux chanter que la femme créole.

C'était un soir de juin. Le tambour résonnait
Sous les rapides doigts d'un homme à long bonnet.
La gaîté, douce et franche, animait la tonnelle,
Et les danses donnaient à chaque femme une aile.
Roulante martinique et joyeux bamboula
Étaient ce qu'on devait *méringuer* (1) ce soir-là.
Huit cavaliers en rond dansaient avec leurs dames,
Dont les yeux noirs et vifs brillaient de mille flammes.
Elles faisaient couler la douce volupté
Sur tous ceux qui voyaient leur grande agilité.
Enfin sur le théâtre apparut Néréide,
Femme belle à ravir et danseuse intrépide.
Un madras de couleur couvrait ses beaux cheveux,
Et faisait ressortir l'éclat de ses grands yeux.
Sa chemise à longs plis, sur la poitrine ouverte,
Laissait voir à demi ce qui fait notre perte :
Deux globes palpitants tombés le même jour,
Sous le même soleil, et pleins du même amour...
Pour la voir, l'admirer dans sa grandeur hautaine,
On arrivait en foule et l'on formait la chaîne.
Et la danseuse alors, par des bonds continus,
Jetait dans tous les cœurs des charmes inconnus.
Semblable à la couleuvre, elle allongeait sa taille
Ou bien la réduisait pour gagner la bataille.
D'autres fois, on eût dit, — c'est fait pour étonner, —
Que, comme une toupie, elle savait tourner.
Néréide, à cette heure, inspirait tant d'ivresse
Qu'on ne savait comment applaudir la négresse.

(1) *Méringuer* vient du mot créole « méringue ». Méringue désigne
une danse lascive, introduite depuis quelque temps en Haïti, et qui rem-
place, avec avantage pour quelques-uns, le respectable *carabinier* de
nos pères.

Sur les chaises partout on montait pour la voir.
De l'applaudir chacun se faisait un devoir ;
Et depuis ce jour-là la superbe sirène
Est élevée au rang de princesse, de reine.

Poètes, célébrez la vieille Andalousie,
Terre où chante l'amour, où vit la poésie ;
Prisez au plus haut point les fleurs de l'Orient,
Les perles du Midi, séjour doux et riant,
Où tout jette l'éclat d'une vive auréole ;
Pour moi, je veux penser à la femme créole !

(24 avril 1855.)

COMPLAINTE D'UNE MULATRESSE

I

« O brise, emporte ma douleur ;
« Apprends-moi pourquoi le malheur
« Depuis si longtemps m'environne !
« Quoi! nul ne plaint mon triste sort?...
« O Dieu bon! si je n'ai pas tort,
« Punis l'ingrat qui m'abandonne !

« Edmond m'avait fait le serment
« De m'aimer aussi tendrement
« Que le Ciel le veut et l'ordonne ;
« De jeter des fleurs sur mes pas,
« De mourir un jour dans mes bras :
« Maintenant l'ingrat m'abandonne !

« Oh ! comme nous étions heureux !...
« Qu'ils sont loin ces jours amoureux
« Où l'amour tressait ma couronne.
« Doux instants ! Mon souffle embaumé
« Faisait rêver mon bien-aimé ;
« Aujourd'hui l'ingrat m'abandonne !

« Seuls, nous entrions quelquefois,
« Gais et contents, dans les grands bois
« Que le printemps de fleurs couronne.
« Partout nous égrenions l'amour,
« Rose qui tombe avec le jour...
« Et voilà : l'ingrat m'abandonne !

« Je ne puis plus revoir ces champs
« Où j'allais, le cœur plein de chants,
« M'asseoir sous l'ormeau qui frissonne...
« Autour de moi tout n'est qu'un deuil.
« L'amour a vaincu mon orgueil
« Pour un ingrat qui m'abandonne !

« Hélas ! pour moi plus de sommeil,
« Plus de gaîté, de teint vermeil !
« Je vais mourir, mon heure sonne...
« Allons, c'en est fait, ô douleur !
« A ma prière, ô Dieu vengeur !
« Punis l'ingrat qui m'abandonne ! »

II

Ainsi chantait, un jour, les yeux baignés de pleurs,
    Une jeune mulâtresse,
Assise tristement sous un campêche en fleurs,
    Brillante dans sa détresse.

La brise en soupirant déroulait ses cheveux
  En soyeux boucles d'ébène ;
Et chacun, sur ses traits, dans ses yeux langoureux,
  Pouvait comprendre sa peine.

Elle pleurait .. Soudain, dans le grand bois voisin,
  Un doux bruit se fait entendre.
Elle se lève et voit tout près, sous un *sucrin*,
  Son amant, toujours bien tendre.

« O cher Edmond, dit-elle, oubliant ses douleurs,
  Vois donc comme je frissonne,...
« Tu viens me consoler, tu viens sécher mes pleurs,
  Jusqu'au ciel, je te pardonne ! »

(1877.)

LA PETITE POPOTE

Amor omnibus idem.

(Géorgiques, livre III.

C'est sous les bananiers d'un champ, à Carrefour,
Que j'ai connu jadis Popote, la *griffonne*,
C'était un mercredi. Jamais ce frais séjour
N'avait paru plus tendre à l'amant qui frissonne.
Sur de verts goyaviers, de nombreux papillons
Se montraient tout joyeux, tout fiers de leur conquête
Doux parfum, ciel d'azur, soleil aux purs rayons,
Rien ne manquait, ce jour, à la nature en fête.

Les bois étaient couverts de verdure et de fleurs.
Des guirlandes ornaient la tête des vieux chênes
Desséchés par le temps. L'Aurore, de ses pleurs,
Pour retenir l'Amour avait forgé des chaînes.
La cascatelle au loin disait ses chants d'amour,
Qu'écoutaient des oiseaux sur des branches fleuries...
Oh! puis-je t'oublier, agréable séjour,
Où le bonheur égrène et joie et rêveries?

Ma Popote n'avait que seize à dix-huit ans.
Dix-huit ans, ô mon Dieu ! quel parfum de jeunesse !
Sur son front gracieux on lisait le printemps,
Et dans son cœur si pur, l'amour et la tendresse.
Ses cheveux, longs, crépus, relevaient sa beauté ;
Ses lèvres distillaient une douce ambroisie.
Ses grands yeux noirs, soleil, source de volupté,
Dans tous les cœurs jetaient des flots de poésie.

Sous ses verts bananiers elle rêvait d'amour,
Assise gentiment sur un tronc de campêche.
Poète au cœur de feu, tendre amant du contour,
Je lui dis assez haut d'une voix douce et fraîche :
« Belle, je te salue, et te salue encore !
« Je veux, sans trop tarder, dans un brûlant délire,
« Déposer à tes pieds mon cœur et mon trésor. »
Popote, pour ces mots, me paya d'un sourire.

Tandis que je parlais ce langage du cœur,
Le zéphyr, entr'ouvrant son peignoir admirable,
Me laissa voir — ô ciel ! ô trop rare bonheur ! —
Deux seins bruns, frémissants, d'une forme adorable,
Deux astres que l'amour fait mouvoir à son gré.
On doit fermer les yeux devant ce qui rayonne.
Je frissonnai pour dire à cet être adoré :
« Ne me refuse rien, Popote ma *griffonne !*

« Regarde, tout ici nous convie à l'amour :
« Le doux chant des oiseaux, le bruit de la rivière.
« La verdure et les fleurs, qui donnent tour à tour
« Leur fraîcheur, leur parfum, leur ombre, leur lumière.

α Nous sommes seuls ici, seuls avec le bonheur.

« L'amour veille pour nous, l'amour nous favorise.

« O belle, profitons de sa douce faveur,

« Car le plaisir, vois-tu, passe comme la brise. »

· · · · · · · · · · · · · · · · ·

O joie! ô volupté!...
                    Délicieux gazon,
Chaud soleil, doux parfum, enivrante nature,
Bois frissonnant d'amour, grandiose horizon,
Cascatelle, manguiers, coupoles de verdure,
Cinq ans, vous le savez, depuis ce jour heureux,
Ont jeté dans mon cœur le regret qui chiffonne...
Mais depuis ce moment, trop fidèle amoureux,
Je pense nuit et jour à ma vive *griffonne!*

23 novembre 1879.

LE VRAI OUANGA [1]

Mais quoi de plus doux que le miel?
Qui peut, en nous versant l'ivresse,
Nous faire oublier terre et ciel?
— C'est le baiser d'une négresse!

Mais quoi de plus beau que la fleur?
Qui peut calmer notre douleur?
Qui peut nous remplir d'allégresse?
— C'est le regard d'une négresse!

Qui nous ramène un peu d'espoir?
Qui peut, pour un moment, le soir,
Eloigner de nous la tristesse?
— C'est le soupir d'une négresse!

Quoi de plus doux que le nectar
Des dieux? Que le vent qui caresse
La fleur? Qu'un amoureux regard?
— C'est le doux sein d'une négresse!

Désormais, ò Muse, ma sœur,
Muse, sirène enchanteresse!
Je ne veux — pour mon seul bonheur —
Qu'aimer et chanter la négresse!

COMMENTAIRE

(1) *Ouanga* est un mot africain qui signifie philtre, charme, enchantement, magie, etc., etc. Victor Hugo, dans *Bug-Jargal*, et V. Schœlcher, dans son ouvrage sur Haïti, ont écrit ce mot avec un *W*. Nous croyons comme plus conforme à l'usage l'orthographe que nous avons adoptée ici, le *w* n'ayant pas toujours le son de *ou*.

CE QUE JE PRÉFÈRE

Oui, ce que je préfère
Au bruit de la rivière,
A l'étoile du soir,
Au doux jus du pressoir,
Au feu de l'encensoir,

A la fraîche corbeille,
Aux présents de l'abeille,
Au sceptre du pouvoir,
Aux rigueurs du devoir,
Aux charmes du savoir,

Au parfum de la brise,
Aux vers que j'improvise,
— C'est ma brune en peignoir,
Belle dans son boudoir,
Comme un astre du soir.

1879.)

LE BAISER D'UNE MÈRE

A JEUDICINE GERMAIN, MA MÈRE

Si le miel est délicieux,
La rose belle et parfumée ;
Si l'astre du jour brille aux cieux
D'un magique éclat sans fumée ;

Si le talent et la douceur
Relèvent les traits du visage ;
Si rien n'est plus doux qu'une sœur,
Ni plus beau qu'un ciel sans nuage ;

Si les ailes du papillon
Égalent la beauté candide
De l'ange peint au vermillon ;
Si rien ne vaut une eau limpide ;

Moi, je crois le très bien savoir,
Qu'à l'enfant, dans sa peine amère,
Rien ici–bas ne peut valoir
Le tendre baiser d'une mère !

(Avril 1868).

COMMENTAIRE

Quel trésor précieux que le cœur d'une mère ! C'est le plus saint objet de la création. Dieu, en le faisant, avait sans doute dit : « J'ai fait le ciel avec sa brillante parure d'étoiles, le soleil avec ses bienfaisants rayons, le printemps avec ses fleurs, l'automne avec ses fruits ; eh bien ! faisons maintenant la mère avec son cœur d'or. Mettons dans ce cœur tout ce qu'il y a d'amour, de tendresse, d'affection, de dévouement et de sensibilité. Que ce soit là mon chef-d'œuvre ! » En effet, je ne connais rien de plus grand que le cœur d'une mère. Un époux peut devenir indifférent ; une épouse peut trahir, oublier la foi jurée ; l'amitié, qui est un bienfait des dieux, peut être altérée par l'absence et par mille autres causes ; le dévouement peut s'affaiblir en certaines circonstances ; tout est susceptible de changer ici-bas, tout, excepté le cœur d'une mère.

Une mère, c'est l'ange du foyer, c'est une Providence visible. Quand tout vous échappe, la fortune, la richesse, le bonheur, un seul être vous reste encore attaché, et cet être chéri, c'est votre mère. Quand vous étiez petit, elle vous berçait dans ses bras, vous couvrait de ses baisers, prenait vos petites mains qu'elle croisait sur votre poitrine, et vous apprenait à prier *le bon Dieu*. Elle vous appelait son *amour*, son *chéri* et son *tout*. Elle vous disait de ces mots qu'une mère seule sait trouver. Quand vous étiez malade, elle passait ses nuits auprès de votre berceau, qu'elle balançait aussi mollement que le zéphyr balance les fleurs sur leurs tiges. Elle surveillait vos moindres mouvements, épiait vos moindres gestes, comprenait vos moindres désirs, riait quand un éclair de bonheur illuminait vos yeux, et pleurait quand des larmes, perles de l'innocence, humectaient vos joues roses et fraîches.

. . . .

L'antiquité nous fournit de bien beaux exemples de l'amour maternel.

Cornélie, fille de Scipion, le vainqueur d'Annibal, et mère des Gracques, s'admirait, comme on sait, dans ses enfants, et a dit une fois en les montrant à une femme qui affectait d'étaler devant elle ses colliers et ses bracelets : « Voilà toute ma parure. » —

« *Quum Campana matrona, apud illam hospita, ornamenta sua,*
quæ erant illo sæculo pretiosissima, ostantaret ei muliebriter,
traxit eam sermone, quousque e schola redirent liberi. Quos
reversos hospitæ exhibens : « *Et hœc inquit, ornamenta mea*
sunt. »

Legouvé et Millevoye ont été sublimes quand ils ont demandé à
leurs Muses des chants pour célébrer l'amour maternel.

Florian, l'ingénieux fabuliste, a dit dans un poème remarquable
(je cite de mémoire) :

> « Le plus saint des devoirs, celui qu'en traits de flamme,
> « La nature a placé dans le fond de notre âme,
> « C'est de chérir l'objet qui nous donna le jour.

. . . .

> « Voyez ce cher enfant que le trépas menace,
> « Il ne sent plus ses maux quand sa mère l'embrasse. »

. . . .

Cette petite pièce, qui n'a d'autre mérite que celui d'être une
véritable improvisation, date de l'année 1868.

Voici à quelle occasion elle a été composée :

J'étais alors directeur de l'école nationale de Miragoâne. Un
jour, j'avais puni (ô crime!) un enfant de huit à neuf ans qui
n'avait pas su sa leçon d'histoire. Sa mère demeurait en face de
l'école que je dirigeais. Inquiète de ne pas voir revenir son enfant
à l'heure accoutumée, elle paraissait vingt fois en une minute pour
voir si le *maître cruel* n'allait pas lui renvoyer le tendre objet de
son amour.

Maudits soient les maîtres d'école! Caché dans un coin de n.
maison, je surveillais attentivement tous les mouvements de cette
bonne femme. Enfin arriva l'heure tant désirée. Le maître dit à
l'élève : « Eh bien, monsieur, vous pouvez sortir; j'espère que demain vous saurez mieux votre leçon. » Ces paroles n'étaient pas
encore dites que le petit était déjà dans les bras de sa mère, qui le
couvrait de baisers. L'élève, comme on doit le comprendre, avait
à l'instant oublié ses peines. Cette scène me plut et je cherchai vite,
par ces quelques vers, à en reproduire l'impression qu'elle m'avait
causée.

LE CHANT DU CYGNE

ADIEU A LA MUSE

Muse inspire-moi un dernier chant

LE CHANT DU CYGNE

ADIEU A LA MUSE

Extremum hunc. .. mihi concede laborem.

(VIRGILE, églogue X, v. 1.)

Avant de t'envoler vers la sphère éternelle,
Muse, viens m'inspirer encore un dernier chant !
Elève haut ton cœur, et, pour être plus belle,
Mets dans tes yeux le feu d'un doux soleil couchant.

Le cygne au gosier d'or, près de quitter la vie,.
    Entonne son hymne d'adieu ;
Ensuite, il ouvre l'aile, et, maudissant l'envie,
    S'envole sous l'œil bleu de Dieu.

Imite donc le cygne, ô ma Muse chérie !
Brune fille des champs, des grèves et des monts !
Couronne-toi le front des fleurs de la prairie
Et laisse sans regret les séduisants vallons !

Nos vers n'ont célébré jusqu'ici que nos plaines,
        Nos bois, nos mornes chevelus,
Nos palmiers, nos forêts, nos aimables sirènes,
        Et nos jardins verts et touffus.

Ah ! chantons maintenant notre chère Patrie !
Pour elle, allons prier au pied de l'Eternel.
Dans l'urne d'or que tient la sainte Poésie
Jetons le pur encens d'un rite solennel.

Muse, prosternons-nous ; commence la prière !
La voix de l'innocence arrive seule à Dieu !
J'aperçois sur tes traits une vive lumière,
Une flamme inconnue ici sous le ciel bleu.

.   .   .   .

Dieu ! que ces chants sont doux !... Que ta voix est sonore,
        O muse, muse, mes amours !
Redis-moi ces doux chants ; oh ! redis-les encore,
        Le matin, le soir, tous les jours.

Merci, merci, ma sœur, incomparable abeille,
        Belle habitante de l'azur !

Tu m'as touché le cœur, tu m'as ravi l'oreille
Par ton chant ravissant et pur.

Puisque le devoir seul t'amuse,
Oh ! prions aussi, tendre Muse,
Pour la veuve, pour l'orphelin,
Pour la beauté, pour l'innocence,
Pour l'être dans l'adolescence,
Pour tout homme dans la démence,
Pour le vieillard à son déclin.

Prions pour tout homme qui souffre,
Pour qui la vie est un long gouffre ;
Pour le prisonnier, le passant,
Pour l'exilé, la jeune fille,
Touchant orgueil de la famille,
Qui, par ses vertus, toujours brille,
Comme un astre resplendissant !

Demandons au Seigneur la paix universelle,
Pour la fleur le parfum, pour l'astre l'étincelle,
Pour l'oiseau de doux nids, pour le foyer la paix,
Et pour tous, en un mot, sa grâce et ses bienfaits.

Muse, c'est bien assez d'amour et de prière !.....
De tes longs cheveux d'or enlève la poussière.
Ton devoir accompli, tu peux alors partir
Sans dédain, sans remords, sans aucun repentir.

Eh! bien, pars, ô mon ange, ô mon inspiratrice!
Pour ce monde idéal où tout n'est que délice.
Mais fais que bien souvent, dans l'opale des cieux,
Je contemple, ravi, ton voile gracieux.

Adieu, pars en riant! Laisse-moi ma souffrance ;
Emporte mon amour et ma reconnaissance ;
Et si parfois mon cœur se brise de douleurs,
Laisse tomber sur moi quelques perles de pleurs!

1880.

VII

LIANES ET FLEURS

Le poëte est avant tout un être reconnaissant.

LIANES ET FLEURS

A M. A. F. BATTIER

APRÈS AVOIR LU DE SES VERS

Poète, ton doux chant comme un élan m'entraîne :
Ainsi, quand la tempête a balayé la plaine
    Où l'oiseau chantait ses amours,
Il suffit, pour briser son solennel silence,
A l'aspect des débris, qu'un écho d'espérance
    Vienne rappeler les beaux jours.

L'essaim des souvenirs chante dans ma pensée.
J'ambitionne encor cette gloire effacée,
    Rêve qu'on poursuit à vingt ans.
Cruelle illusion, fruit tardif de la tombe....
Erreur !.... je me trompais !.... le poète retombe
    D'un bond dans l'enfer des vivants.

J'ai trop usé mon aile au contact de leurs vices
Le ciel d'or et d'azur, tes plus chères délices,
  Est fatal au cerveau blasé.
Un éternel amour est ce qu'on y respire.
Je hais trop pour aimer : du fiel de la satire
  Mon cœur entier est infusé !....

Ne me plains pas! Aussi, je ne jette point ta sonde
Dans ce gouffre sans fond où s'agite l'immonde.
  Pour en mieux sevrer ton regard...
L'indignation naît du cœur, et le vertige
A l'abîme inhérent peut bien faire un prodige,
  Et l'on en revient que trop tard.

A tes chants, le ciel bleu, l'horizon sans nuage,
La plaine verte et fraîche et la mer sans orage !
  A moi, la lutte et la douleur !
Je n'en fais pas deux lots par vaine modestie :
Ta vie est dans l'amour, et l'amour, sainte hostie,
  Sait bien mieux parfumer le cœur.

Sous les vins frelatés ma lèvre s'est blasée :
Elle était cependant tendre, souple, rosée ;
  Et ce n'est que le corrosif
Qui ronge maintenant son épiderme rude :
Cruel et triste effet, hélas ! de l'habitude
  Qui façonne le plus rétif.

C'est que, depuis vingt ans, une urne aléatoire
Jette à grands flots des faits monstrueux pour l'histoire.
  La vase surnage en tous lieux.

On dresse des autels sur la place publique,
Sans honte, sans respect, au pouvoir despotique,
    Comme on en élevait aux dieux.

Les petits des Verrès, dignes produits des vices,
Accusent hautement tous les grands aux comices.
    Et Rome n'en dit pas un mot.
L'ignorant toléré, caché sous l'apparence,
Réussit à courber les fronts sous sa puissance,
    Traite tout le monde en marmot.

Tartuffe est dépassé; sa ficelle est usée :
L'audace triomphant désigne à la risée
    La vertu reléguée en bas.
L'amour de la patrie, ardente et douce flamme,
Ce dernier filon d'or qu'on porte au fond de l'âme,
    O temps! ô mœurs! n'existe pas.

               C. DÉBROSSE.

ADIEUX

AUX VERS D'ALCIBIADE-FLEURY BATTIER

PAR

ALEXIS-OSWALD DURAND

A vous, frêles oiseaux, qui partez du pays,
L aissant nos frais mangos et nos champs de maïs,
C omme devant l'hiver s'en vont les hirondelles;

> A dieu! Courage, enfants frileux!
> L à-bas, les cieux froids sont moins bleus
> E t les cœurs plus chauds, plus fidèles!

I ci, l'on ne dit pas que le poète est roi.
B risez vos doux liens! vous êtes à l'étroit :
I l vous faut le grand air et les larges coups d'ailes!

> X énophon, Socrate, Platon,
> I mmortels savants, nous dit-on,
> S ont pourtant bien loin de Virgile!

A llez donc, chers oiseaux, loin de nos chauds climats,
D ans la France où Musset, Lamartine, Dumas,
E n leurs chants ont vaincu la Mort au pied agile!

ù le grand auteur d'*Hernani*,
eul en son être, a réuni
illiam Shakspeare, Homère, Eschyle.

rance! recevez-les, ces pauvres vers éclos,
es uns dans nos vallons, d'autres au bord des flots,
t renvoyez-les-nous couverts de renommée!

fin qu'à leur retour, joyeux,
a mère et l'enfant aux doux yeux
isent : Tiens! c'est la Muse aimée!

n danger les attend; ces oiseaux passagers
oucouleront-ils bien parmi ces étrangers?
trouveront-ils la patrie embaumée?

is-leur, Muse des chauds pays,
n chant que dans les verts taillis
épète la vive griffonne!

rune Muse, dis-leur notre beau *cachucha*
ccompagné du bruit des gousses du tchatcha,
ouchant de ses fleurs d'or le samba qui fredonne!

près, cite quelque guerrier!
omme le front que le laurier
e l'indépendance couronne!

u sauras, pour convaincre, ô Muse de nos monts,
nvoquer Louverture et le grand Dessalines;
t puis, te rappelant nos fertiles collines,
eviens, Muse des Noirs, aux bois que nous aimons!

PAUL LOCHARD

A

M. A.-F. BATTIER

I

Quand, victime du sort et de la destinée,
Le pauvre mercenaire a passé sa journée
Courbé sous le travail et trempé de sueur,
Le soir, dans sa chaumière, heureux, il se repose
Il dort. Car si son lit, hélas! n'est pas de rose,
Du moins il a reçu le prix de son labeur.

Il ne craint pas l'insulte, il ne craint pas l'envie.
Jamais il ne verra se pencher sur sa vie,
Comme pour la scruter, la foule des pervers
Nul ne viendra sur lui lancer quelque anathème.
Pas de rire moqueur sur son œuvre; pas même,
O poète! un regard furtif ou de travers.

Tel n'est pas le destin de ceux dont la pensée,
Dédaignant les vains bruits de la foule insensée,
Aux champs de l'infini va chercher l'idéal,

Et qui, toujours courbés au souffle de la muse,
Travaillent, même alors que leur esprit s'amuse,
Et, combattants du bien, luttent contre le mal.

Tel n'est pas leur destin ; tu le sais, ô poète !
De l'inspiration quand la sombre tempête
A longtemps remué leur cœur, battu leur front,
Et qu'alors ils ont fait, avec des pleurs, un livre,
Des Zoïles, serpents à qui le sort les livre,
Accourent bien souvent et les couvrent d'affronts.

Ils les montrent du doigt, singes d'Aristophane,
Et poussent leur huée insolente et profane
Contre ces noms que nul ne devrait avilir ;
Et leur rire infernal, où la fureur grimace,
Comme sur une fleur une affreuse limace,
Vient ramper sur le livre, hélas ! et le salir !

Ils ont craché leur boue à la face d'Homère !
Le Dante dut subir leur raillerie amère,
Tandis qu'il les broyait sous son talon d'airain.
Tous ceux qui pensent, tous, aigle puissant ou cygne,
Tous ceux qui de la muse au front portent le signe,
Doivent de leur morsure éprouver le venin !

Il faut qu'au pilori la haine les expose !
Aussi leur triste cœur rarement se repose.
De leur œuvre parfois ils détournent les yeux
Et maudissent tout bas l'invincible génie,
Le démon qui les plie aux lois de l'harmonie,
Et les force à parler le langage des dieux.

Mais qu'importent les maux dont le sort les accable!
Mais qu'importe l'envie, hydre aveugle, implacable,
Qui sur leur vie en deuil s'acharne avec fureur!
Ah! si petit qu'il soit, le poète, être auguste,
Qui, malgré ses ennuis, aime et cherche le juste,
Verra toujours son front ceint du laurier vainqueur.

L'oubli ne touche point aux amants de la lyre.
Sur leur tombe où l'on brûle et l'encens et la myrrhe,
En vain passent les flots des générations.
L'immortel avenir est leur vaste conquête,
Et du monde, astres rois, ils occupent le faîte,
Et répandent partout de sublimes rayons.

II

Ne crains donc rien, ô fils de ma brune patrie!
O poète, ô penseur qui, dans ta rêverie,
As rempli nos vallons du doux bruit de ta voix.
Tes chants harmonieux réjouiront nos belles,
Et bien des cœurs amis, à t'admirer fidèles,
Rediront tes beaux vers aux échos de nos bois.

Ne crains rien! Si ton front, que la pensée habite,
Ne livre pas toujours au souffle qui l'agite
Des paroles lançant la foudre et les éclairs,
Comme Dante, Shakspeare, Hugo, ces rois sublimes;
Si tu n'as pas des cris qui font pâlir les crimes,
Du moins ton luth est plein de suaves concerts.

Regarde! Vois-tu pas le poète d'Himère!
Il est là, jeune encor, près du divin Homère,
Debout sur les débris de plus de deux mille ans!
Anacréon, sans peur, marche à côté d'Eschyle;
Horace peut sourire aux lauriers de Virgile,
A travers les rameaux de ses lauriers vivants.

Ne crains donc rien! Turgeau, Mariani, dont l'onde
Caresse avec orgueil la plaine qu'elle inonde,
En roulant son cristal à travers tant de fleurs;
Tous ces lieux si charmants célébrés par ta lyre,
Longtemps après ta mort, rappelant ton délice,
Feront sur toi verser des parfums et des pleurs.

L'avenir, qui lira les vers où tu t'inclines
Devant nos demi-dieux, Pétion, Dessalines,
Mêlera ton doux nom aux noms de ces guerriers!
Et ta gloire, sur qui reflétera leur gloire,
Comme une sainte lampe au Temple de Mémoire
Brillera toujours pure auprès de leurs lauriers.

Ah! puissent-ils bientôt nous revenir de France,
Tes chants, et sur ton front, où sourit l'espérance,
Poser leurs ailes d'or, brillantes de clarté!
Que, répandant au loin leur douce mélodie,
Ils attirent sur toi les yeux de la patrie,
Et commencent dès lors ton immortalité.

COUP-D'ŒIL

LIVRE DE POÉSIES PUBLIÉ PAR M. A -F. BATTIER

———— ————

Haïti est encore très imparfaitement connue. Ceci a tout
l'air d'un paradoxe, mais, à la vérité, n'est qu'un axiome de
M. de la Palisse. Les pacotilleurs les plus âpres au gain ne
font que la côte et entrent tout au plus, par contrebande,
dans les ports fermés. Quant aux voyageurs avides seulement d'impressions et d'études, bien peu l'ont visitée, pour
ne pas dire aucun.

Vous qui avez lu dans le texte persan — je parle aux
orientalistes — les cent vingt mille vers du Châh-Nâmeh,
œuvre gigantesque du poète de Rizvan, Aboul-Cacem-
Mansour-Ferdoucy, favori du roi Mahmoud *le Gasnéride*,
avez-vous jamais soupçonné qu'il existât au Port-au-Prince
toute une vraie pléiade? Vous me dites que j'invente. Pas
le moins du monde. Voici les noms de ses membres, tous
bien portants : M. Fénelon Duplessis, qui ciselle un sonnet
à l'instar de Joséphin Soulary ; M. Aurèle Chevry, le doux
lakiste; M. Alfred Simonise, rivalisant avec Collot-d'Her-
bois dans la traduction des œuvres dramatiques de Caldéron

de la Barca, et enfin M. Alcibiade Fleury-Battier, le laborieux glaneur poétique, dont nous allons compter et peser
les gerbes aujourd'hui.

Évidemment, en tous points, je ne ferai que répéter les
éloges sincères que je lui ai donnés dans l'*Histoire de la
Littérature haïtienne*, publiée naguère (1); mais je pourrai
du moins les développer, les accentuer plus vivement, et
c'est pour moi un bonheur que je ne céderai pas pour toutes
les prérogatives de la couronne du Saint-Empire d'Alle-
magne.

La première fois que je rencontrai M. Alcibiade Fleury-
Battier, ce fut vers le commencement de l'année 1874, dans
le bureau du journal *le Peuple*. Nous nous touchâmes du
cœur en même temps que de la main. De ce jour s'établit
entre nous une amitié immuable, une de ces amitiés vigou-
reuses et actives, semblable à celle qui unissait, — sans
comparaison de personnes, bien entendu, — Hortensius et
Cicéron, lesquels, au dire du dernier, se secondaient mu-
tuellement par un échange désintéressé de lumières, d'avis
et d'encouragements.

M. Alcibiade Fleury-Battier vint au monde sous un des
toits aériens de cette ville pittoresque, où les maisons de
bois sont plus nombreuses que les halles de brique, parti-
cularité dont le feu profite souvent pour se donner carrière;
dans une de ces îles de sirènes où l'atmosphère molle et
embaumée rend le corps nonchalant et l'imagination enne-
mie du travail et de la pensée. Si j'insiste là-dessus, c'est à
dessein. Charles Baudelaire, qui parlait avec pleine connaissance de cause, nous a affirmé que les créoles n'appor-
taient, en général, dans les travaux littéraires aucune originalité, aucune force de conception ou d'expression. Le-

(1) A Paris, chez Hachette et Cⁱᵉ, boulevard Saint-Germain, 77.

conte de Lisle est la première et l'unique exception qu'il ait rencontrée, dit-il. Il oublie donc Bertin, qui mourut dans un accès de fièvre au Cap, en 1790, au moment de se rendre à l'autel pour épouser une jeune Haïtienne, et de Parny, son compatriote et ami : tous deux étaient de l'île de la Réunion. Mais sans reculer jusqu'au xviiie siècle, n'y a-t-il pas eu dans ces derniers temps Victor Séjour, *La hija del Yumuri*, et tant d'autres?... Le père des *Petites Vieilles* ajoute, il est vrai, qu'on en pourrait trouver plusieurs méritant de recevoir au Capitole ces couronnes qui, selon l'expression grandiose de Malherbe, « gardent les noms de vieillir ».

Il a raison, car M. Alcibiade Fleury-Battier est du nombre de ces heureux élus.

Doué d'une âme impressionnable, ce fils de l'ingénieuse *Quisquéya*, privilégié entre tous, éprouvait, ainsi qu'il l'a raconté lui-même avec une touchante simplicité, dans la *Journée d'Adieu* (1), de violents battements de cœur à la lecture de nos charmeurs de parole. « Racine était son favori. » Sympathie caractéristique et choix d'une rare excellence ! « Il aima Lamartine considéré comme homme, comme poète et comme philosophe. Victor Hugo et Alfred de Musset trouvèrent aussi place dans son cœur. » Aveux charmants ! Mais si ces bénignes influences d'outre-Atlantique fécondèrent son esprit, elles ne l'égarèrent point — Dieu en soit loué! — comme la plupart de ses émules que leur amour-propre peu justifié n'empêche pas de grossir le triste troupeau des imitateurs ineptes.

_____

(1) *La Journée d'Adieu* ou le *Jeudi Saint au mont Sinaï*. Port-au-Prince, imprimerie T. Bouchereau, 1874. Cette causerie maçonnique a été reproduite tout au long par *la Chaîne d'Union de Paris*, journal de la maçonnerie universelle, dans ses numéros de décembre 1874 et de février 1875.

Je n'en veux d'autre preuve que le Recueil dont nous nous occupons présentement, et je crois, ou une illusion absurde m'aveugle, que les lecteurs, tout comme moi, s'en tiendront satisfaits, hormis toutefois ceux auxquels reconnaître le talent cause une douleur plus cuisante que d'être écorché vif.

Le volume en question, — depuis longtemps attendu par les amis de l'auteur, j'entends par ces amis qui s'intéressent à l'art et pour lesquels c'est une délectation, *à nulle autre seconde*, que la lecture des vers d'un poète, — a été formé lentement, doucement, en vertu de l'adage littéraire trop oublié de nos jours :

Le temps ne garde point ce que l'on fait sans lui.

SOUS LES BAMBOUS, *rimes glanées!* Voilà le titre, et nul ne fut jamais mieux choisi. C'est, en effet, pendant ses courses buissonnières, à l'ombre des touffes de ces géantes graminées de la montagneuse *Aïly*, que M. Alcibiade Fleury-Battier a butiné les éléments variés dont est faite sa poésie. Lorsque les nids sont chantants, le ciel splendide, l'air imprégné des parfums des campêches en fleurs, il va, poursuivant le rêve et l'idéal, papillons décevants; il chasse aux idées, aux images, aux rimes; il note avec soin toutes les harmonies du matin et du soir, des flots et des feuillages, bruits divins dont se composera sa musique, et, de ses excursions capricieuses à travers les pentes herbues sur lesquelles son pied léger ne laisse pas plus de traces que les mystérieuses allées et venues des zombis, ces immatériels habitants de l'air, il rapporte à sa Muse, maîtresse toujours adorée, tantôt une élégie, parfois une ode, bien souvent un poème. Il a raconté chaque halte et chaque épisode de son voyage contemplatif. Autrefois, sur les grèves crayeuses de

Miragoâne; à midi, à l'ombre fraîche des bambous ou des bayaondes touffus; le soir, sous les palmiers, ces larges éventails que le vent d'est agitait au-dessus de sa tête; un autre jour, au roulis d'un canot cinglant, ses voiles en ciseaux, vers Bizoton ou vers Mariani, célébré par Coriolan Ardouin, son aîné; pendant la canicule, dans les bosquets de Pétionville, qui en savent bien long.... Tranquillisez-vous, belles peu sévères; moins inconscients que certains roseaux de Phrygie, ils ne diront rien. M. Alcibiade Fleury-Battier a tout vu, tout observé, les azurs, les phosphorescences, les écumes de la mer des Antilles, et jusqu'aux nuages enflammés par les rayons du soleil couchant qui simulent, à la chute du jour, au sommet de la Gonave, l'ancienne *Guanavana* des *indios*, l'éruption d'un volcan : étincelante féerie que j'ai admirée trois cent soixante cinq fois sans me lasser jamais!

. . . .

Qui, entendant parler *La petite Velléda,* ne serait pris d'une émotion ineffable? *J'aime!* est une page exquise. D'un certain passage notamment, on dirait le croquis en vers d'une peinture de Raphaël : *La Vierge de Foligno,* par exemple. *Luména!...* (1) Vous la reconnaissez, Haïtiens, malgré son pseudonyme, l'interlocutrice du solitaire, au portrait qu'en trace le poète avec un ardent amour et une finesse de détail auxquels on ne saurait rien objecter. Vous parlerai-je encore de pièces telles que : *La Défense de la Crête-à-Pierrot, L'Ombre d'Alexandre Pétion, Aux Soldats de Vincendron,* sujets historiques; *A ma Sœur, A mon Père, Les Chants de l'Exilé, Le Poète et la Muse,* élégies;

(1) *Luména* ou le *Génie de la Liberté;* Port-au-Prince, imprimerie T. Bouchereau, 1869.

La Cigale et le Ver luisant, *Le Lapin et le Merle*, *Chacun se connaît bien*, fables; *Allons sous les Bambous*, *Aux Enfants de Mariani*, *Une Fleur qu'on ne nomme pas*, *Le Ouanga-Négresse*, *Ce qu'on entend sous les Bambous*, dans lesquelles on retrouve la même hardiesse, la même verve, la même élégance; telles surtout que *Le Bamboula*, délicieux tableau de genre où brille, avec tous ses charmes mystérieux, une de ces Gawasyes des tropiques, dont aucune marcheuse de l'Opéra, aucune, n'est digne d'*amarrer le tignon*.

La plupart de ces pièces sont suivies d'un commentaire comme les *Premières* et les *Nouvelles Méditations* dans l'édition Charpentier.

Le livre est, en outre, très élégamment imprimé. Ce luxe typographique prouve combien l'auteur a fait d'efforts pour plaire à la fois à l'esprit et aux yeux. A l'exemple de Dorat, il veut charmer de toutes les manières et enivrer les sens et l'âme tout ensemble.

Je ne finirais pas si je voulais exposer tout ce qu'il y a à dire. Partout, en tournant les pages du recueil, on voit s'épanouir cette grâce et ces expressions naturelles des belles choses et des délicats sentiments que possède au suprême degré M. Alcibiade Fleury-Battier. Mille fois digne d'envie qui peut dire comme lui, après Lamartine :

Aimer, prier, chanter, voilà toute ma vie.

et à qui on peut répondre avec André Chénier :

Ta voix noble et touchante est un bienfait des dieux.

Sans prétention, sans artifice, tel qu'il nous apparaît, M. Alcibiade Fleury-Battier, dans le Panthéon des poètes haïtiens, prend place, à plusieurs titres, parmi les plus originaux et les mieux inspirés.

.   .   .   .

Il est encore, dans SOUS LES BAMBOUS, une chose que je constate avec autant de plaisir que d'empressement. M. Alcibiade Fleury-Battier est arrivé à l'instant heureux où l'écrivain pénètre le dernier arcane de son art. Il est passé maître. Le Sphinx terrible s'avoue deviné. Aussi, je pourrai terminer cette louange incomplète et si bien méritée par le flexible hexamètre de Thyrsis; mais auparavant, quelques mots de plus.

Je n'ai pas voulu délier d'une main téméraire le faisceau des gerbes nombreuses coupées *Sous les Bambous;* je me suis borné à jeter un coup d'œil d'ensemble sur cette moisson abondante, appelée simplement glanée par notre poète, modeste parce qu'il a du talent, me contentant d'en aspirer à pleines narines les odeurs pénétrantes. Mon pouvoir, en effet, s'arrête là, selon les coutumes littéraires. C'est une légère analyse, c'est-à-dire un de ces petits plaidoyers caractérisés avec franchise par d'Alembert, que j'ai voulu faire, et pas une étude. Je devais donner ici à course de plume, — et c'est tout ce que les lecteurs peuvent exiger de moi, — une idée générale de l'œuvre. Au sortir de cette profonde et sinueuse galerie qui, si vaste qu'elle soit, paraît étroite, tant elle est remplie de merveilles, je m'asseois sous le portique, avec le regret inexprimable qui dut attrister à toujours l'âme de nos premiers parents hors de l'Eden, pour crier à ce public restreint de fins connaisseurs faisant leurs délices de la poésie vivante, de la poésie savamment rhythmée et colorée à la Titien :

— A votre tour, entrez !...

EDGAR LA SELVE

Paris, 1879.

TABLE DES MATIÈRES

V — POÉSIES DIVERSES

VI — LE CHANT DU CYGNE

VII — LIANES ET FLEURS

Paris. — Imprimerie Kugelmann, 12, rue Grange-Batelière.

Imprimé en France
FROC031531010720
24395FR00015B/271